片片詩

胡續冬 著

朝向漢語的邊陲

楊小濱

　　中國當代詩的發展可以看作是朝向漢語每一處邊界的勇猛推進，而它的起源也可以追溯出頗為複雜的線索。1960年代中後期張鶴慈（北京，1943-）和陳建華（上海，1948-）等人的詩作已經在相當程度上改變了主流詩歌的修辭樣式。如果說張鶴慈還帶有浪漫主義的餘韻，陳建華的詩受到波德萊爾的啟發，可以說是當代詩中最早出現的現代主義作品，但這些作品的閱讀範圍當時只在極小的朋友圈子內，直到1990年代才廣為流傳。1970年代初的北京，出現了更具衝擊力的當代詩寫作：根子（1951-）以極端的現代主義姿態面對一個幻滅而絕望的世界，而多多（1951-）詩中對時代的觀察和體驗也遠遠超越了同時代詩人的視野，成為中國當代詩史上的靈魂人物。

　　對我來說，當代詩的概念，大致可以理解為對朦朧詩的銜接。朦朧詩的出現，從某種意義上可以看作官方以招安的形式收編民間詩人的一次努力。根子、多多和芒克（1951-）的寫作從來就沒有被認可為朦朧詩的經典，既然連出現在《詩刊》的可能都沒有，也就甚至未曾享受遭到批判的待遇，直到1980年代中後期才漸漸浮出地表。我們完全可以說，多多等人的文化詩學意義，是屬於後朦朧時代的。才華出眾的朦朧詩人顧城在1989年六四事件後寫出了偏離朦朧詩美學的《鬼進城》等

傑作，卻不久以殺妻自盡的方式寫下了慘痛的人生詩篇。除了揮霍詩才的芒克之外，嚴力（1954-）自始至終就顯示出與朦朧詩主潮相異的機智旨趣和宇宙視野；而同為朦朧詩人的楊煉（1955-），在1980年代中期即創作了《諾日朗》這樣的經典作品，以各種組詩、長詩重新跨入傳統文化，由於從朦朧詩中率先奮勇突圍，日漸成為朦朧詩群體中成就最為卓著的詩人。同樣成功突圍的是遊移在朦朧詩邊緣的王小妮（1955-），她從1980年代後期開始以尖銳直白的詩句來書寫個人對世界的奇妙感知，成為當代女性詩人中最突出的代表。如果說在1970年代末到1980年代初，朦朧詩仍然帶有強烈的烏托邦理念與相當程度的宏大抒情風格，從1980年代中後期開始，朦朧詩人們的寫作發生了巨大的轉化。

這個轉化當然也體現在後朦朧詩人身上。翟永明（1955-）被公認為後朦朧時代湧現的最優秀的女詩人，早期作品受到自白派影響，挖掘女性意識中的黑暗真實，爾後也融入了古典傳統等多方面的因素，形成了開闊、成熟的寫作風格。在1980年代中，翟永明與鍾鳴（1953-）、柏樺（1956-）、歐陽江河（1956-）、張棗（1962-2010）被稱為「四川五君」，個個都是後朦朧時代的寫作高手。柏樺早期的詩既帶有近乎神經質的青春敏感，又不乏古典的鮮明意象，極大地開闢了漢語詩的表現力。在拓展古典詩學趣味上，張棗最初是柏樺的同行者，爾後日漸走向更極端的探索，為漢語實踐了非凡的可能性。在「四川五君」中，鍾鳴深具哲人的氣度，用史詩和寓言有力地書寫了當代歷史與現實。歐陽江河的寫作從一開始就將感性與

理性出色地結合在一起，將現實歷史的關懷與悖論式的超驗視野結合在一起，抵達了恢宏與思辨的驚險高度。

後朦朧詩時代起源於1980年代中期，一群自我命名為「第三代」的詩人在四川崛起，標誌著中國當代詩進入了一個新階段。1980年代最有影響的詩歌流派，產自四川的佔了絕大多數。除了「四川五君」以外，四川還為1980年代中國詩壇貢獻了「非非」、「莽漢」、「整體主義」等詩歌群體（流派和詩刊）。如周倫佑（1952-）、楊黎（1962-）、何小竹（1963-）、吉木狼格（1963-）等在非非主義的「反文化」旗幟下各自發展了極具個性的詩風，將詩歌寫作推向更為廣闊的文化批判領域。其中楊黎日後又倡導觀念大於文字的「廢話詩」，成為當代中國先鋒詩壇的異數。而周倫佑從1980年代的解構式寫作到1990年代後的批判性紅色寫作，始終是先鋒詩歌的領頭羊，也幾乎是中國詩壇裡後現代主義的唯一倡導者。莽漢的萬夏（1962-）、胡冬（1962-）、李亞偉（1963-）、馬松（1963-）等無一不是天賦卓絕的詩歌天才，從寫作語言的意義上給當代中國詩壇提供了至為燦爛的景觀。其中萬夏與馬松醉心於詩意的生活，作品惜墨如金但以一當百；李亞偉則曾被譽為當代李白，文字瀟灑如行雲流水，在古往今來的遐想中妙筆生花，充滿了後現代的喜劇精神；胡冬1980年代末旅居國外後詩風更為逼仄險峻，為漢語詩的表達開拓出難以企及的遙遠疆域。以石光華（1958-）為首的整體主義還貢獻了才華橫溢的宋煒（1964-）及其胞兄宋渠（1963-），將古風與現代主義風尚奇妙地糅合在一起。

　　毫不誇張地說，川籍（包括重慶）詩人在1980年代以來的中國詩壇佔據了半壁江山。在流派之外，優秀而獨立的詩人也從來沒有停止過開拓性的寫作。1980年代中後期，廖亦武（1958-）那些囈語加咆哮的長詩是美國垮掉派在中國的政治化變種，意在書寫國族歷史的寓言。蕭開愚（1960-）從1980年代中期起就開始創立自己沉鬱而又突兀的特異風格，以罕見的奇詭與艱澀來切入社會現實，始終走在中國當代詩的最前列。顯然，蕭開愚入選為2007年《南都週刊》評選的「新詩90年十大詩人」中唯一健在的後朦朧詩人，並不是偶然的。孫文波（1956-）則是1980年代開始寫作而在1990年代成果斐然的詩人，也是1990年代中期開始普遍的敘事化潮流中最為突出的詩人之一，將社會關懷融入到一種高度個人化的觀察與書寫中。還有1990年代的唐丹鴻，代表了女性詩人內心奇異的機器、武器及疼痛的肉體；而啞石（1966-）是1990年代末以來崛起的四川詩人，以重新組合的傳統修辭給當代漢語詩帶來了跌宕起伏的特有聲音。

　　1980年代的上海，出現了集結在詩刊《海上》、《大陸》下發表作品的「海上詩群」，包括以孟浪（1961-）、默默（1964-）、劉漫流（1962-）、郁郁（1961-）、京不特（1965-）等為主要骨幹的較具反叛色彩的群體，和以陳東東（1961-）、王寅（1962-）、陸憶敏（1962-）等為代表的較具純詩風格的群體，從不同的方向為當代漢語詩提供了精萃的文本。幾乎同時創立的「撒嬌派」，主要成員有京不特、默默（撒嬌筆名為銹容）、孟浪（撒嬌筆名為軟髮）等，致力於透

過反諷和遊戲來消解主流話語的語言實驗。無論從政治還是美學的意義上來看，孟浪的詩始終衝鋒在詩歌先鋒的最前沿，他發明了一種荒誕主義的戰鬥語調，有力地揭示了歷史喜劇的激情與狂想，在政治美學的方向上具有典範性意義。而陳東東的詩在1980年代深受超現實主義影響，到了1990年代之後則更開闊地納入了對歷史與社會的寓言式觀察，將耽美的幻想與險峻的現實嵌合在一起，鋪陳出一種新的夢境詩學。1980年代的上海還貢獻了以宋琳（1959-）等人為代表的城市詩，而宋琳在1990年代出國後更深入了內心的奇妙圖景，也始終保持著超拔的精神向度。1990年代後上海崛起的詩人中最引人注目的是復旦大學畢業後定居上海的韓博（1971-，原籍黑龍江），他近年來的詩歌寫作奇妙地嫁接了古漢語的突兀與（後）現代漢語的自由，對漢語的表現力作了令人震驚的開拓。還有行事低調但詩藝精到的女詩人丁麗英（1966-），在枯澀與奇崛之間書寫了幻覺般的日常生活。

　　與上海鄰近的江南（特別是蘇杭）地區也出產了諸多才子型的詩人，如1980年代就開始活躍的蘇州詩人車前子（1963-）和1990年代之後形成獨特聲音的杭州詩人潘維（1964-）。車前子從早期的清麗風格轉化為最無畏和超前的語言實驗，而潘維則以現代主義的語言方式奇妙地改換了江南式婉約，其獨特的風格在以豪放為主要特質的中國當代詩壇幾乎是獨放異彩。而以明朗清新見長的蔡天新（1963-）雖身居杭州但足跡遍布五洲四海，詩意也帶有明顯的地中海風格。影響甚廣的于堅（1954-）、韓東（1961-）和呂德安（1960-）曾都屬於1980年

代以南京為中心的他們文學社，以各自的方式有力地推動了口語化與（反）抒情性的發展。

朦朧詩的最初源頭，中國最早的文學民刊《今天》雜誌，1970年代末在北京創刊，1980年代初被禁。「今天派」的主將們，幾乎都是土生土長的北京詩人。而1980年代中期以降，出自北京大學的詩人佔據了北京詩壇的主要地位。其中，1989年臥軌自盡的海子（1964-1989）可能是最為人所知的，海子的短詩尖銳、過敏，與其宏大抒情的長詩形成了鮮明對比。海子的北大同學和密友西川（1963-）則在1990年後日漸擺脫了早期的優美歌唱，躍入一種大規模反抒情的演說風格，帶來了某種大氣象。臧棣（1964-）從1990年代開始一直到新世紀不僅是北大詩歌的靈魂人物，也是中國當代詩極具創造力的頂尖詩人，推動了中國當代詩在第三代詩之後產生質的飛躍。臧棣的詩為漢語貢獻了至為精妙的陳述語式，以貌似知性的聲音扎進了感性的肺腑。出自北大的重要詩人還包括清平（1964-）、周瓚（1968-）、姜濤（1970-）、席亞兵（1971-）、胡續冬（1974-）、陳均（1974-）、王敖（1976-）等。其中姜濤的詩示範了表面的「學院派」風格能夠抵達的反諷的精微，而胡續冬的詩則富於更顯見的誇張、調笑或情色意味，二人都將1990年代以來的敘事因素推向了另一個高度。胡續冬來自重慶（自然染上了川籍的特色），時有將喜劇化的方言土語（以及時興的網路語言或亞文化語言）混入詩歌語彙。也是來自重慶的詩人蔣浩（1971-）在詩中召喚出語言的化境，將現實經驗與超現實圖景溶於一爐，標誌著當代詩所攀援的新的巔峰。同樣

現居北京，來自內蒙古的秦曉宇（1974-），也是本世紀以來湧現的優秀詩人，詩作具有一種鑽石般精妙與凝練的罕見品質。原籍天津的馬驊（1972-2004）和原籍四川的馬雁（1979-2010），兩位幾乎在同齡時英年早逝的天才，恰好曾是北大在線新青年論壇的同事和好友。馬驊的晚期詩作抵達了世俗生活的純淨悠遠，在可知與不可知之間獲得了逍遙；而馬雁始終捕捉著個體對於世界的敏銳感知，並把這種感知轉化為表面上疏淡的述說。

當今活躍的「60後」和「70後」詩人還包括現居北京的藍藍（1967-）、殷龍龍（1962-）、王艾（1971-）、樹才（1965-）、成嬰（1971-）、侯馬（1967-）、周瑟瑟（1968-）、安琪（1969-）、呂約（1972-）、朵漁（1973-）、尹麗川（1973-），河南的森子（1962-）、魔頭貝貝（1973-），黑龍江的桑克（1967-），山東的孫磊（1971-）宇向（1970-）夫婦和軒轅軾軻（1971-），安徽的余怒（1966-）和陳先發（1967-），江蘇的黃梵（1963-），海南的李少君（1967-），現居美國的明迪（1963-）等。森子的詩以極為寬闊的想像跨度來觀察和創造與眾不同的現實圖景，而桑克則將世界的每一個瞬間化為自我的冷峻冥想。同為抒情詩人，女詩人藍藍通過愛與疼痛之間的撕扯來體驗精神超越，王艾則一次又一次排練了戲劇的幻景，並奔波於表演與旁觀之間，而樹才的詩從法國詩歌傳統中找到一種抒情化的抽象意味。較為獨特的是軒轅軾軻，常常通過排比的氣勢與錯位的慣性展開一種喜劇化、狂歡化的解構式語言。而這個名單似乎還可以無限延長下去。

　　1989年的歷史事件曾給中國詩壇帶來相當程度的衝擊。在此後的一段時期內，一大批詩人（主要是四川詩人，也有上海等地的詩人）由於政治原因而入獄或遭到各種方式的囚禁，還有一大批詩人流亡或旅居國外。1990年代的詩歌不再以青春的反叛激情為表徵，抒情性中大量融入了敘述感，邁入了更加成熟的「中年寫作」。從1980年代湧現的蕭開愚、歐陽江河、陳東東、孫文波、西川等到1990年代崛起的臧棣、森子、桑克等可以視為這一時期的代表。1990年代以來，儘管也有某些「流派」問世，但「第三代詩」時期熱衷於拉幫結夥的激情已經消退。更多的詩人致力於個體的獨立寫作，儘管無法命名或標籤，卻成就斐然。1990年代末的「知識分子寫作」與「民間寫作」的論戰雖然聲勢浩大，卻因為糾纏於眾多虛假命題而未能激發出應有的文化衝擊力。2000年以來，儘管詩人們有不同的寫作趨向，但森嚴的陣營壁壘漸漸消失。即使是「知識分子寫作」的代表詩人，其實也在很大程度上以「民間寫作」所崇尚的日常口語作為詩意言說的起點。從今天來看，1960年代出生的「60後」詩人人數最為眾多，儼然佔據了當今中國詩壇的中堅地位，而1970年代出生的「70後」詩人，如上文提到的韓博、蔣浩等，在對於漢語可能性的拓展上，也為當代詩做出了不凡的探索和貢獻。近年來，越來越多的「80後詩人」在前人開闢的道路盡頭或途徑之外另闢蹊徑，也日漸成長為當代詩壇的重要力量。

　　中國當代詩人的寫作將漢語不斷推向極端和極致，以各異的噪音發出了有關現實世界與經驗主體的精彩言說，讓我們

聽到了千姿萬態、錯落有致的精神獨唱。作為叢書,《中國當代詩典》力圖呈現最精萃的中國當代詩人及其作品。第一輯收入了15位最具代表性的中國當代詩人的作品,其中1950年代、1960年代和1970年代出生的詩人各佔五位。在選擇標準上,有各種具體的考慮:首先是盡量收入尚未在台灣出過詩集的詩人。當然,在這15位詩人中,也有極少數雖然出過詩集,但仍有一大批未出版的代表作可以期待產生相當影響的。在第一輯中忍痛割捨的一流詩人中,有些是因為在台灣出過詩集,已經在台灣有了一定影響力的詩人;也有些是因為寫作風格距離台灣的主流詩潮較遠,希望能在第一輯被普遍接受的基礎上日後再推出,將更加彰顯其力量。願《中國當代詩典》中傳來的特異聲音為台灣當代詩壇帶來新的快感或痛感。

目次

第三輯 終身臥底2005-2009

第六輯｜風之乳 1994-2003

第一輯

片片詩

2010-2013

片片詩——寫給我們的女兒哥舒

以前，爸爸每天都要看片片，
要麼和媽媽一起，看
有很多帥叔叔的片片；要麼
自己一個人，看那些
有光屁股阿姨的片片。現在，
爸爸每天都在給你換片片。
你小小的身體是一大片
神奇的新大陸，
爸爸像個冒險家，不知疲倦地
從你身上偷運出沉甸甸的寶物：
黃燦燦的金片片，
水汪汪的銀片片。
金片片，銀片片，深夜裡，
在你直撼天庭的哭聲中，
冒險家也會看花了眼，
把濕漉漉的紙片片
全都看成了在夜空中兀自播放的
片片：有時候是公路片，
五年後，我和媽媽拉著你
走向聖地牙哥－德孔波斯特拉；
有時候是奇幻片，十年後，

我醉心於觀察媽媽的美顏

如何一眉一眼地移上了你的臉；

我最經常在濕片片上看到的，

是最酣暢的武俠片，

二十年後，你青春大好，

一身的英氣裹緊了窈窕，

在這詭異的人世間，

「橫行青海夜帶刀，

西屠石堡取紫袍。」

2013/1/2凌晨寫於貴陽

二崁船香（清明節懷念馬驊、馬雁二位亡友）

兩年前，我在澎湖西嶼的二崁村
買到這盒船香的時候，你們倆
一個已經在天上，把白雲摶出了
雪山的韻腳，一個還在地上，

在一滴清亮的文字裡，接納了
深夜裡的風沙和一大群失眠的駿馬。
現在你們倆都在那個高高的地方，
或許，都長著一對漢語的翅膀。

你們划動的氣流或許正在成為
被群星傳誦的、一光年長的詩行。
你們或許會偶爾去看望對方，
從溫暖的翅膀下拿出各自珍藏的

最好的時光，交給對方保管。
你們，如果真的偶爾會在一起，
或許還會交換一下我們在人世間
那些像記憶一樣不知所謂的想念。

我不知道是不是因為你們倆
今天的天空才藍得如此坦蕩，
就像你們喝了點小酒，每每
笑一小下，藍天就朝更遠處綻放。

且讓我來為你們倆點上一支
二崁船香。那高高的地方或許沒有
河流和海洋，但我願你們的青春之軀
如掛滿風帆的智慧一般暢行在天堂。

此刻，我看見船香的包裝盒上印著
「好膽麥走」，閩南語，意思是
有膽量就別走。這句話我很想說出口：
假如你們沒走，假如我們的性情和血肉⋯⋯

空椅子

那把不知被誰家丟棄的椅子
一直放在乾涸的池塘邊。
椅子腿深埋在雜草裡，後面，
是一棵綠得有些吃力的
老榆樹。每次我們經過這裡，
那把椅子都讓我覺得
我們好像在一起了很多年，
好像我們從清朝、從古猿時代、
甚至從一個叫做榆錢的星球
一直手拉手走到了現在。
一把無人安坐的空椅子，就是
一個宇宙的漏洞，像
木質的始祖鳥，骨骼間迴蕩著
兩股清風在雲端吃麵條的
吸溜吸溜的美好聲響。

紙袋貓

他們都說賣萌可恥：
作為一隻中年公公貓
不賣萌又能做什麼大事？

這白色紙袋裡
是否有那年春天的好天氣？
是否藏著我被割掉的犀利？

更多種活法招呼我鑽進去，
擺脫她層出不窮的向井理
和他套路單一的波多野結衣。

這紙袋，就是我的時間機器。
我來不及在裡面休憩，
每一秒，我都在忙於活出古意。

他們偷拍我之際
完全不會想到，我正在竹林裡
爪撥琴弦，做我的貓中阮籍。

我吃到一片發苦的雲

我吃到了一片發苦的雲，
它的味道像是北京地鐵十號線上
一隻被擠扁了的乳房。
但這座高原城市還沒有地鐵，
天空中也沒有一群硬邦邦的烏雲
把柔軟的雲朵抵進角落。
這片發苦的雲赤腳穿行在
我舌苔濃厚的旅途裡，
踩踏著我味蕾上的亞熱帶，
把薄荷和小米辣請回了紅土地。
我需要再仔細咀嚼，
才能吃出這片發苦的雲朵裡
起重機的味道、腳手架的味道，
和被拆除的城中村的味道。

2011/9/18寫於昆明

蟹殼黃

兩年前我們曾經肩並肩

坐在村中的月沼邊。

四周圍，炊煙和炊煙

聚在一起，把全村的屋簷

高高舉起，讓它們在水面上

照見了自己亮堂堂的記憶。

微風中，月沼就是我們

攝取風景的、波光粼粼的胃：

池水消化著山色、樹影、祠堂

和偽裝成白鵝浮在水上的牆。

此刻，我一個人又來到這裡，

但你也很快就可以重溫

這小小池塘裡的秘密：

我把整個月沼連同它全部的倒影

藏在了明天要帶回家給你吃的

蟹殼黃燒餅裡。只要

你一咬開那酥脆得如同時空的

燒餅皮，你就可以

在梅干菜和五花肉之間

吃到這片明澈的皖南：我知道

你的舌尖一定會輕輕掃過

在水邊發呆的我，月沼

將在你的胃中映照我們的生活。

2011/8/28寫於黃山宏村月沼

馬勒別墅

英籍猶太人馬勒，
上個世紀初，精蟲一樣
湧進上海的洋混混之中的一個，
據說靠賭馬發了家。
1936年，依照女兒的一個夢，
他在這個城市最潮濕爽滑的部位
蓋了一座挪威風格的別墅：
那兩座裝飾繁複的主塔，
像一個人身上長出了
兩根沒有包皮的財富，
在和體位變幻莫測的時局
玩著飄忽不定的雙插。

很難想像，在1941年
日軍入侵之前的五年中，
馬勒一家在這座不真實的宅子裡
到底過著怎樣真實的生活：
祈禱、溫情、饗宴，還是
嫉恨、爭吵、無休無止的通姦？
他們是否還相信彌賽亞，
是否有人熟知古老的卡巴拉？

1949年，馬勒別墅迎來了
一個山寨版的彌賽亞：
1848年那個大鬍子猶太人的
一本宣言延時發作，把這座
猶太人的宅子變成了
共青團上海團市委所在地。

洋混混們再次像精蟲一樣
湧入這個城市之後，馬勒別墅
最終又變成了精品酒店，
便於受精的資本安穩著床。
我幾年前路過此處但全無記憶，
此刻，從隔壁樓房的窗戶看下去，
我突然發現馬勒別墅小得
像破舊的玩具，被多動的烏雲
隨手丟棄在高聳的樓宇之間。
而這些樓宇，這些
包皮過長的亢奮的本地財富，

比馬勒別墅更加虛無：
它們的建造者不相信任何夢。

　　　　2011/7/6寫於上海馬勒別墅隔壁的城市酒店

注：「馬勒隔壁」在本詩的具體語境中既指上海馬勒別墅的
　　隔壁酒店，也是2011年前後的中國大陸網路流行語之
　　一，即粗口「媽那個×」的諧音。

京滬高鐵

我在上海虹橋
你說：這就開始寫一堆稿

你在對抗鑽進了脂肪裡的拖延症
我坐上了經期紊亂的和諧號

我出了江蘇進了山東
你才寫完第一篇稿

山東在下雨，大舌頭的雨，下得我
忘了怎麼用普通話向窗外的泰山問好

我想把大雨一個短信發給你
讓你輕鬆地寫點注水的呼號

但你堅持著一種肥美的速度：
你每敲下一個字，我就向北五百米

如此算來，我穿過河北的時候
你只能寫完第二篇稿

我想要劫持和諧號，逼迫司機
開慢點，你不寫完就不許他開到

或者直接把火車開進你的網癮裡
一車把拖延症撞得死翹翹

其實我知道最後你肯定會發飆
把積壓的稿全都天女散花般地寫好

然後打開門，我就在門口，背包裡
有帶給你的梔子花和生煎包

2011/7寫於京滬高鐵上

感謝信

張朝大將軍，明朝洪武年間的
一個地方小官，從江蘇老家
跑到現在的貴州黔東南州黃平縣一帶
當了個「軍政修舉」，大概就是管管
軍屯戍邊之類的事務。他智勇雙全，
「常衣皂甲，乘黑馬，執鐵鐧，
出入敵陣，往來如飛」，說是
在他的轄區裡，小偷小摸都絕了跡。
鄔桓大將軍，又是一個明朝的
地方小官，宣德年間做過江蘇溧陽的
縣丞，「有志節，躬處節儉」。
他致力於除蠹弊、均賦役，據稱
他任滿的時候數千百姓到縣衙挽留，
朝廷就破格升他為知縣。我不知道
這兩個地地道道的芝麻官是如何穿越
史籍的海洋、治亂的迷宮，
以大將軍的名號，加入到了道教的
六十位太歲星君的行列中，被尊為
甲寅太歲和庚寅太歲。我只知道，
已經過去的2010年歲值庚寅，是我
倒楣的本命年。去年正月初八，

白雲觀的道士告訴我，張朝和鄔桓
分別是我的本命神和值歲神，我必須
從元辰殿門口的小賣部把他們請回家。
出於對厄運的恐懼，我把這二位
印在金屬卡片上的大將軍裝進了錢包，
和身分證緊緊貼在一起。我把他們
整整揣了一年，這一年，我過得果真
無災無恙，雖然依舊買不起房、
申不到科研經費，但在昏暗的流年中
仍能保持智慧明淨、心神安寧。
我深知，我等凡人不可過多言及命數，
所以我謹在此簡要地致謝一下
張朝和鄔桓二位大將軍：願互聯網信號
能傳至上蒼，一介屁民在信號中作揖。

紫荊花

我揣著冷風走出來，
看它變著戲法
把路人紛紛隱去。

我說：停！它不聽，
繼續把這座城市
吹成了一小段迷途。

在一個陌生的街角，
它突然丟下我，
鑽進了一樹紫荊花。

像是早有準備，
它為樹枝帶去了
一大叢拂動的聲帶。

我明白，它是想讓
每一朵花都和我說話。
我聽見了時光的耳語。

但我不知如何通過這些花
把一兩句語塞的問候
捎進黑暗的泥土。

我把冷風揣回了
羽絨服的口袋裡。
路人重新熙攘，城市

也恢復了它冰冷的秩序。
而紫荊花依然在街角綻放，
溫暖得像離去的友人。

2011/1寫於廣州

2011年1月1日，給馬雁

明月出天山
蒼茫雲海間

真主用白色裹屍布收納了你。
我看見了你的臉，最後一次。
眼淚是可憎的，遮擋了一切，
連同你這些年的欣快和勇毅。
我們把你抬上運屍車，穿過
新年第一天寂寥的回民公墓。
你肯定不會喜歡這裡，但你
會彈著煙灰說：哪兒都一樣。
我們把你放進了冰冷的墓穴，
我們鏟土，也代更多的朋友
把異鄉的泥土蓋在了你身上。
你父親，一個因信仰而豁達
的穆斯林老人，在用成都話
跟公墓裡的上海回民交談著：
我們那邊墓底都要鋪一層沙，
因為大家都是從沙漠裡來的。
風很大，我們艱難地點燃了
幾把伊斯蘭香，三支成一束，

插滿了你的墳頭，還有菊花，
越插越密，煙霧中的菊花香
像是通往另一種生活的大道。
有人突然說，你一定會嘲笑
我們這群來送你的人，一定。
有那麼一瞬間，我真的覺得
你就站在我們身後，我身後，
美得比記憶更加樸素，就像
十三年前我第一次見你那樣。
你也許會喜歡公墓給你做的
那塊臨時的墓牌，簡簡單單
在小木板上寫著「馬雁之墓」，
刪除了你這三十一年的智慧、
果敢、力量與病苦。我更願
忘掉這一刻、這公墓：我把
我心愛的小妹葬進了這泥土。

2011/1/1寫於京滬之間

注：2010年12月30日，詩人馬雁在上海因病意外亡故。
　　2011年1月1日，我趕往上海與幾位友人將她葬於上海
　　回民公墓。

手持擴音器

那一年我迷上了手持擴音器。
電視裡，遙遠的廣場上
遙遠的青年們舉著擴音器的樣子
比我身邊舉著西瓜刀的小混混
還要屌。放學回家的路上
我常常把一張舊報紙捲成圓筒，
想像它可以把我的嗓音變成
一頭威武的麒麟。我朝街邊小販
喊一些我自己都不大明白的話，
他們沒有理我。上語文課的時候
我跑到講臺上，用意念
讓我的手裡冒出一個看不見的
手持擴音器，繼續喊著一些
我自己都不大明白的話，
語文老師沒有理我。有一天
我衝進了中學的廣播室，
那裡也沒有手持擴音器，我只好
像握西瓜刀一樣抓住一個
鵝頸麥克風，心裡默念了三聲：
「手持擴音器」，然後向操場上
正在做第六套廣播體操的同學們

喊出一些我自己都不大明白的話，

沒有任何人理我，大家都

伸手的伸手，彎腰的彎腰。

很快，電視裡沒有了遙遠的青年

和他們的手持擴音器，小混混們

又成了我身邊最屌的事體。不過

那些我自己都不大明白的話

已經被我的記憶飼養成了一頭

住在我聲帶上的微型的麒麟，

每年初夏，它都會安靜地

跳出我的喉嚨，在我們喑啞的

生活裡，尋找一支手持擴音器。

2010/6/4寫於武昌

塞林格

塞林格死了，91歲。而我碰巧
是在91年讀的《麥田裡的守望者》，
施咸榮譯，83年版的小開本，
小得足以從心靈的門縫裡塞進來。
我記得銀灰色的封面上是一片
發達資本主義世界的高樓大廈，
右下角有一個西洋劉文學造型的
濃墨少年，英勇地昂著頭。
有好長一段時間，我也英勇地
昂著頭，看著北京正在聳起的那些
頂著烏紗帽的高樓大廈。有一年，
我收到了一個商界老嫗的來信，
信裡提到她喜歡「麥田捕手」，
對岸的譯名。我原諒了她的
盛氣凌人。前些天我翻牆上網
閱讀被清剿的H小說，有一篇
種馬文，一個重口味的主人公
把女性的陰毛比作成熟的麥田，
把自己的舌頭比作麥田裡的守望者。
我盛讚這些英勇的H小說。
但其實我最喜歡的是塞林格的

《九故事》，十年前，我和另一個

熱愛《九故事》的朋友曾經把

所有喜歡吃香蕉的女孩都叫做

香蕉魚。如今，這個朋友早已

在變老之前遠去，而我竟也

完全記不起德文郡的埃斯米

到底是個蘿莉還是熟女。

加速的時光掏空了我的閱讀記憶，

只剩下隱藏在暗礁下的

塞林格的名字。此刻就連這名字

也要被時光捲走；願上帝保佑他，

既有愛也有污穢淒苦。

注：塞林格即Jerome David Salinger，兩岸譯名或有異。詩
　　中提到的「劉文學」是大陸毛澤東時代被政權塑造出來
　　最著名的的少年英雄之一。

酒店之夜

隔壁房間傳來的聲音

像拼圖遊戲一樣

挑戰著我黑又硬的腦細胞

男聲像公文一樣乏味

似在下達一些粗短的指令

兩個女聲交替著發出

雙唇鼻音、濁捲舌擦音

軟齶擠喉音和清喉塞音

進而有西南和東北兩地

聲調飄忽的長母音

像藤蔓一樣絞殺著

東南沿海疲憊的短母音

接下來是和人民幣有關的

數學之聲，我的腦細胞

縮回了它們正常的大小

特區的夜色中，唯有

隔壁房間孤獨的淋浴器

在默默地輸出很賤的價值觀

寫於深圳

旅台詩選

2010

毛毛蟲

一隻毛毛蟲在松林小徑上
擋住了我的吸煙之路。
它天真的身體爬出了一行
眼花繚亂的繁體字，
像是在託我問候對岸的
毛毛蟲和毛澤東。
我告訴它，後者已經
羽化為飄渺的敏感詞，
而前者，恐怕無法感受到
它的問候之中的古早風。
它堅持請我用我嵌在
「中南海」煙屁股裡的
天朝神秘電波，連通了
我家樓前松樹上的一隻
青年毛毛蟲。該毛毛蟲
果真不解寶島毛毛蟲的
禮儀傳統，不過也有託我
問候同樣已經羽化了的蔣公。
松林小徑上，毛毛蟲
微微地聳了聳毛茸茸的
失落，我這才發現

它原來是如此一隻

超正點的毛毛蟲，

正點到可以讓我暫時忘記

被煙屁股過濾的孤獨和籠統。

2010/3/5 中壢雙連坡

杜鵑

手持便當的人
從杜鵑花下走過
便當盒裡婉轉的豆乾
忽地失聲了

一同失去的
可還有他鹵汁中的睡眠？
那梢頭、那顫抖
卻是紅白二色的風
一夜間長出了
明晃晃的骨肉！

惟有這熱烈的花
能破解肺部的冷空氣
布下的奇門遁甲
能讓他嗅到
貢丸深處的過家家

手持便當的人
一從杜鵑花下走過
便同了在地人的福禍

2010/3/10 中壢雙連坡

機車

我始終不大習慣
把學妹們夾在黑絲長腿下的坐騎
叫作機車。機車總是讓我想起
我五歲的時候從鄉下到重慶北碚
第一次見到火車的情形：
笨重的「東方紅」內燃機車嘶叫著
像被我們村的王屠戶追趕的公豬
突然間竄進了站臺，嚇得我
躲到了母親身後，死活不肯上火車。
好幾次，當我試著把摩托車
稱為機車的時候，我都彷彿看見
學妹們的雙腿間有一個巨大的
「東方紅」機車，攜帶1970年代末
堅硬的意志，噴著社會主義的濃煙
從溫婉的寶島底褲下呼嘯而出。
這念頭也把我嚇出一身冷汗：
我看到當年那頭絕望的公豬
已然變成了我自己，孤獨地奔跑在
敏感詞的屠宰場裡，卻找不到
一個穿著黑絲襪的站臺竄進去。

2010/3/17中壢雙連坡

沙塵暴

一大早，我窗前的大榕樹
就開始oh yeah oh yeah I'm coming地
亂叫一氣，完全是在
跑進我的夢中跟我搶戲。
我只好罷演，片酬都沒要，就
悻悻然起床，拉開窗簾一看：
天朝的沙塵暴竟然撲到了北臺灣！
但見一粒粒鷹派的華北沙塵
像阿飄一樣集結在空中，遮蔽了
鮮活的青天與白日。
我正要把窗戶關死，卻發現
一粒胖胖的沙塵已然脫隊，鑽進了
我的房間。它脫下了阿飄的行頭
現出了低調的元身：原來是
幾千里之外我家廚房抽油煙機上的
一小滴油煙。「夫人特意派我混過來，
叮囑你少做怪夢，多吃青菜。」

2010/3/21 中壢雙連坡

外勞

中壢火車站附近的
一家簡餐店裡，我一個人
默默地嚼著餐盤裡的三杯雞。

周圍人聲鼎沸，泰語、
越南語、馬來語、菲律賓語，
連成一片舌尖上的熱帶叢林。

他們都被叫做外勞，有著
自得其樂的眉目，和
像暮色一樣恍惚的深色皮膚。

在地人曾經提醒我：他們是
經濟的尷尬、混亂的源頭，
最好不要和他們離得太近。

而此刻我在他們之中感受到的
卻是這個海綿一樣的寶島
安上了彈簧之後的快樂。

鄰桌的幾個男子看似槍戰片
的配角，但他們的肱二頭肌
分明是在讚美工人階級。

女子們不施粉黛，也沒有
用網眼絲襪暗示腿的存在，
只是簡單地把美臀翹得更high。

他們喧譁，他們嬉鬧，
他們的力比多在異鄉的空氣裡
肆無忌憚地湧出他們的身體。

而我的客居生活是如此無趣，
只能一邊嚼著三杯雞，一邊遙想
真臘、三佛齊和滿者伯夷。

2010/3/22 中壢雙連坡

注：真臘、三佛齊和滿者伯夷皆為古籍中的東南亞地名。

北海岸

一路上，眼睛裡都在
不斷地長出腿
踩著巨浪的天梯
大步邁向烏雲

一路上，公路屢屢
被海水擠上山坡
擠進鳳凰花那
火紅、潮濕的腋窩

轉眼間的盤桓
轉眼間的風和霧
轉眼間，舊事如礁石
在浪頭下變臉

一場急雨終於把東海
送進了車窗，我摟著它
洶湧的腰身，下車遠去的
是一尊尊海邊的福德正神

2010/4/2淡金公路公交車上

灣灣御姐

她的鹿腿上繡著青苔，
從右側走進了這滴雨。
我那時在雨滴的左邊，
把烏雲捲成一根香煙，
吸著鋒面上減速的秒。
她踩著雨滴裡明滅的
木棉，山間的舊街巷
隨柔膚下窸窣的靜脈
一道蜿蜒，從黑皮靴
延伸到清明節的臀線：
在這魔鏡般的雨滴裡，
我只能一秒接一秒地
吸盡了她潮濕的身體，
把那鹿腿溶入從街角
突然流到我肺葉裡的
白茫茫的野薑花之海。

2010/4/8 內灣

車過宜蘭

那一刻，海笨拙得
浪花裡不攜帶任何象聲詞

防波堤赤著他或她的腳
撫慰著海水的青澀

我在火車裡讀《鱷魚手記》
濱海鐵路彎得像愛

「她轉過來，海洋流淚。」
我一瞬間看見海中的一段視訊：

妳在刷牙，貓在洗臉
鐵路伸直了手臂，依舊像愛

那一刻其實還有夕光
金黃的手掌摩挲著海邊的稻田

就像我手心上的台燈光
流進了妳頸窩裡的銀河系

鐵路西邊，連山也是笨拙的
一朵巨大的雲，像悲傷的陸龜

趴在山脊上，一直在看海：
不遠處的島嶼，叫龜山島

2010/5/15 1039自強號

娃娃音

娃娃音的朋友帶你去
坐滿娃娃音學妹的餐廳吃飯
電視裡還有娃娃音的主播
轉述著娃娃音的兇殺和娛樂

當娃娃音的女服務生
拿著娃娃音的菜單走到你身邊
你突然想吃她聲帶上鮮美的母音
想吃娃娃音的平水十八韻

你開始用耳朵進餐，吃進去的
全是涼拌娃娃音、清蒸娃娃音
娃娃音燜桂竹筍和一大碗
加有語氣詞的酸菜蚵仔娃娃音湯

吃完飯，你的視網膜竟也
罩上了一層娃娃音。你坐上
娃娃音的捷運，看見一雙雙
娃娃音的絲襪講著腿部的悄悄話

而你註定無法吸收所有這些
娃娃音。它們終將在你的胃裡
形成一小塊島嶼狀的娃娃音結石
你每日消化的，仍是兇猛的陸地動詞

2010/5/16台北

希臘妹

和我住同一個會館的希臘妹

父親當年一定是個

參加了共產游擊隊的毛派

因為她的下巴左側到頸窩那片

長了一大叢比游擊隊員的胸毛

還要茁壯還要剛勁的毛

我猜正是由於這一叢毛的緣故

校園東邊這一帶的流浪狗

都非常喜歡跟在她後面

每天夜裡我去便利店買宵夜的時候

總會看見她在門口很慈祥地

用剛剛買來的昂貴的狗糧餵狗

那群在我看來長得差不多的本地黑狗

每一隻都被她賜予了希臘語名字

她用希臘語和牠們交談而牠們

看上去竟也完全明白

她輔音中的大海和母音中的白房屋

她的祖國在債務危機中飄搖

她的嗓音卻淡定得如同一切善良的事物

以至於我突然間覺得

她那叢一度讓我不敢正視的毛
也可以有著高貴的單純和靜穆的偉大

2010/5/19 中壢雙連坡

鳳凰花

下午兩點，我騎著腳踏車
準時攀上了鳳凰樹。烈日下，
我從那一大叢嵯峨的紅色之頂點
向最紅處俯衝，鬆開手閘，
一任燦爛的車輪在枝條上
像猛然閃回的青春一樣飛馳：
憤怒的花朵、留長髮的花朵、
抽著大麻夜讀左派的花朵、
在烏雲中持一瓣不同夢想的花朵，
都隨著鏈條的咔嚓聲瞬間遠去。
花朵在花朵上疾速滑行，
紅色把紅色推擠成孑然。
在那裡，在紅得最像一秒鐘的
一朵鳳凰花上，我突然捏住了閘：
我看見一大片藍天倒掛在樹梢上，
我一屏住呼吸，它就變得更藍。

2010/5/20 台南

夜宿桃米坑

蛙聲和雨聲像兩個

孿生的哪吒，爭搶著

我耳朵裡變幻的空。

其實我早已在耳蝸深處

騰出了一大片安靜的山谷，

可以裝下整個村莊的青蛙

和整夜的急雨，但

蛙和雨依舊勢不兩立：

當一道憨猛的鋒面完全

鑽進了我的左耳，

右耳的赤蛙、小雨蛙

和綠如革命的青年樹蛙

就統統撤出了鼓膜背後的

聽力游擊區。一種

叫做睡眠的聲音，從

蛙聲逃離後的右耳道溢出：

我在夢中救下了

最後一隻青蛙王的女兒，

幫牠把閃亮的呱呱聲

藏進了每一滴盲目的雨。

2010/5/23 南投縣埔裡鎮桃米坑村「青蛙ㄚ婆ㄟ家」

座頭鯨

罹患巨乳症的天空
把兩大坨下垂的烏雲甩到
海面上。乳溝中一艘
細小的漁船，一轉舵
便長出了翅膀，追趕著
一群鷗鷺，飛出了
不斷修正著海岸的車窗。
海的重量隨盤旋上升的公路
而增加，快到山頂時
我單薄的視網膜已兜不住
那沉重且晦暗得如同父輩
的海。我閉上眼。
車裡，空調吹出的冷氣
像鋼琴師的手指
暗自在我手臂上彈奏著
洶瀾的海水，我感到
我皮膚下游來一大群座頭鯨，
牠們全都抬起了頭，噴出
像正體字一樣莊嚴的告別語。

2010/5/26花東海岸公路

像

臺灣食神焦桐的女兒長得有點像
蘿莉版的范冰冰，81歲的詩人管管
很像他的青島小同鄉黃渤的老年版；
我在澎湖望安島搭訕的一個冰店老闆娘
酷似我在北京的一個學生只是略顯
幾分輕熟，我在彰化鹿港鎮的公車站
借過火的一個司機和我在重慶的么舅
幾乎長得一模一樣；我差不多每天
都要經過中壢新屋交流道附近的
一排檳榔店，上個星期新來的一個西施
看上去像極了我一個廣州哥們兒的
新婚妻子，我一度懷疑他實施家暴
導致妻子負氣出逃；在從台東到綠島
的客輪上，一個小男孩因為看見了飛魚
而把細嫩的笑臉迎向了晃動的太平洋，
我在他的眉眼間分明認出了我的一個
乾兒子，他經常露出細嫩的雞雞
在餐廳裡追逐嚇得四處逃竄的白領阿姨。
三個月裡，隨時都會有小小奇蹟般的像：
像親朋、像街坊、像無意中記得的路人、
像多年前的炮友、像險些就要忘記的

中學死對頭，甚至還見到一個在內灣線
的小火車上偷拍女生的蠢貨，長得
完全像是同樣猥瑣的我：如此密集的像
竟迭合成一個全然不同的世界——
這些像我們的人，活得比我們有神。

2010/5/30 中壢雙連坡

臨
別

每天早上把我從夢中叫醒的鳥
始終沒有告訴我它輕捷的名字

陽光纖細，像鮮明的學生們
在樹葉上閃出很多聲「老師好」

明信片一般的草坪，我就是郵票
我發誓要給每一滴露珠寫信

那些晨練的人，那些捧著奶茶
從我身邊經過的人，早安！

天佑這清涼的風，這柔軟的景
天佑這片像擁抱一樣的風景

2010/6/1 中壢雙連坡中央大學校園

第三輯

終身臥底

2005-2009

終身臥底

不止我一個人懷疑

你是來自另一個星球的神秘生物

你的左耳裡有一把外太空的小提琴

能夠在嘈雜的地鐵裡

演奏出一團安靜的星雲

你的視網膜上有奇怪的科技

總能在大街上發現一兩張

穿過大氣層隕落下來的小廣告

甚至連你身上那些沉睡的脂肪

都美得極其可疑

它們是你藏在皮膚下的翅膀

我總擔心有一天你會

揮動著綴滿薯片的大翅膀飛回外星

留下我孤獨地破譯

你寫在一滴雨、一片雪裡的宇宙日記

好在今天早上你在廚房做飯的時候

我偷偷地拉開了後腦勺的詩歌天線

截獲了一段你那個星球的電波

一個很有愛的異次元聲音

正向我們家陽臺五米遠處

一棵老槐樹上的啄木鳥下達指令：

讓她在他身邊作終身臥底

千萬不要試圖把她喚醒

給友人

南方的大雨像天兵天將
狠狠地踹著江水和街道。
我困在酒店的房間裡，
以電視為盾，抵擋著雨聲。

無意中，在地震和綜藝之間
我又看見了你。我恨電視。
四年了，總有一些壞人
試圖用有組織的回憶的暴力

從我身體的角落裡綁架你。
但我再次，像個白癡一樣，
關掉了血管裡呼嘯的警報器，
把電視螢幕忍在了眼眶裡。

我聽見一群你教過的藏族孩子
在講述你上的最後一課。
那是一個星期五，你講的是
思想品德。我恨思想品德：

你我成長的年代無非是
讓思想和品德捏著暗器互搏。
但孩子們說，你那堂課教的是：
「答應別人的事，一定要做到。」

一瞬間，僅僅一瞬間，後悔
就能把一個人的牛逼變成傻逼：
四年了，我答應過你要去
明永，可我至今還沒去過那裡。

這座城市你我倒是一起來過。
還有一個在室內也戴著墨鏡的傢伙。
那天沒有下雨，我們
在玉蘭樹下合影，光鮮得

像三股水靈靈的義氣。
現如今，我成家已有三年，
戴墨鏡的傢伙墨鏡已遮不住
雙眼中吠著鄉愁的喪家之犬。

我想起清明那天，我在家中

給你燒紙。有一小簇火苗

蹲在灰燼的邊緣，死活不肯燃盡。

就像你蹲在牆根，小煙抽得開心。

寫於武昌

雪朝

就算是一片雪
也長得有清新的雞雞
無數雪片的晨勃
頂起了一個白嫩的晨曦
你睡得像一張明信片
在半空中擺脫了郵寄
我是如此深愛那上面
像感冒一樣天真的字跡
哦，在窗外撒歡的，究竟
是風還是大氣的海綿體？

1959年11月18日夜，掏糞工王榮學

餓，比嘉陵江水還要湍急的餓
沖刷著我鬆垮如沙的身體。
想當年，我也曾富甲一方，
也曾和我那在江津的女子師範
念過書的二姨太一起，
在雲門山上醉誦朱湘。眼下，
我只是個掏糞工，每天凌晨
坐著蒼蠅亂飛的糞船
去合川城裡掏糞，回來後還得
用扁擔把一桶桶絕望的糞
挑到公社的田間地頭。
我能忍受。十年了，不知
二姨太和孩子後來有沒有
安抵臺灣？我能忍受。儘管
今年的饑荒最終還是捲走了
我臥床多年的髮妻：公社食堂
僅有的玉米糊拒絕流進
她舊時代的胃裡。我能忍受。
明天，就是我弟弟的忌日：
他在劉甫澄的21軍裡做事，
二十年前在下江他被日本人

打死，據說死的時候，腳上
連雙鞋都沒有。我必須為他
沽一斤酒，澆進嘉陵江裡，再
買一雙草鞋，在江邊焚化。
因而，此刻，我必須忍著
踉蹌的饑餓，來到這片
公社食堂的海椒地裡：十年前
這裡分明是我家的土地。
火紅的海椒在黑夜裡像一盞盞
冥府的小燈籠，為我指明了
祭奠吾弟之路：摘下它們，
帶到糞船上，明天在城裡賣掉，
四角錢一斤，足以給弟弟買到
曲酒和草鞋。寂靜中，
我採摘海椒的聲音就像是
饑餓在體內發出的興奮的迴響。
像命中註定，那個戴紅領巾的
十四歲男孩突然出現了。
接下來的事情，你們可能
都已經知道。我不知道自己
哪裡來的力氣、記不起自己

在饑餓和羞憤的瘋狂漩渦中
到底做了些什麼，只隱約記得
他叫了我一聲這輩子、尤其是
這樣一個夜晚我最不願意
聽到的詞：老地主。我深知
自己已經時日無多，願菩薩
饒恕我深重的罪孽，保佑
遠方的二姨太無災無禍。

（此非信史，僅作山寨觀。）
「王榮學是大陸毛澤東時代著名的少年英雄劉文學
故事中的超級大反派，作為被『打倒』的地主，
他因為偷摘公家菜地裡的辣椒被少年村民劉文學
撞見，劉文學為了『保衛公共財產』與王榮學展開
了搏鬥，最後被王榮學打死，死後被追認為英雄，
受全國人民膜拜。這個故事的發生地就在我的家鄉
重慶市合川縣。本詩試圖從另一個視角敘述這一故
事。」

國家的秘密

收破爛的老王

兒子也是個收破爛的

他長著一張工科大學生的臉

手上卻拎著他爸用過的

老實巴交的秤桿和麻袋

他從我的廉價生活裡

秤走了三斤娛樂、四斤時事

和五斤各地出產的詩

他熟練地算好了價錢

遞給我幾枚溫暖的

一元硬幣：大哥，對不住

廢品的價格還是漲不上去

我從他河南的眼裡看到了

整個國家的秘密

日批

酒店門口，一個卡娃兒
遞給我一張彩印的地獄：

「老闆，日不日批？
保證你日得安逸……」

我很想告訴他，我不是
老闆，儘管我也很想日批。

但我想日的，是山河、
是風暴、是天堂裡的詞語，

我想撕爛雲層的蕾絲，日腫
太陽，菊爆在月亮的內壁。

日累了就回到酒店栽瞌睡，
在夢裡繼續日最難日的批：

我想日穿二十年的謊言

讓它流出遭它掩蓋的血跡。

寫於重慶

注：日批，重慶方言fuck的意思。卡娃兒，重慶方言，指在
　　酒店門口發招嫖卡片的人。

五周年的五行詩──寫於馬驊 5 周年忌日

把寶石放進蓮花，
就能看見你在哪裡：
騎一座流浪的雪山，
沿江啜飲月光裡的歡喜。
你眼中有慈悲流溢。

江畔

我抱著一條江睡了一夜。
我忘了我們是怎麼認識的了，
總之，它流上了堤岸、
漫過了街道、湧進了電梯，
來到了我的房間。一條江，
一條略顯肥胖但卻有著
橋樑的鎖骨、一條水流緩慢
但滿腦子都是敏捷的游魚、
一條在江中宅了一天但夜間
仍會失眠的江，就這麼
被我輕輕地抱著，聽我講
千里之外的海、萬里之外的
人世間。很快，它身上的
每一滴水都閉上了眼睛，
它腦中的每一條游魚都變得
和星辰一樣安靜。我忘了
我握著它柔軟的波濤
睡了幾生幾世。一覺醒來，
我拉開窗簾，看見
那條嬌美的、懶洋洋的江
在陽光下流淌著恩愛。

寫於重慶

聖火車站

汗流浹背的土行孫，行李是一個省。
哪吒們老了，拉桿箱下可還有風火輪？
發財的跑路的吃速食麵和火腿腸的肉身
都來投胎，穿制服的女媧摶氣味造人。

寫於武昌

木棉

有一朵剛剛從
雲霄歸來，胖花瓣
緊攢著急急如律令。
有一朵，內藏
小火山一座，
天色一暗，即會
將來世噴出。有一朵
化作鯉魚跳過了
樓宇的龍門，另一朵，
斜躺著，一任
遊人拍攝，只管把
左側的乳腺睡得
更沉著。還有一朵
罩著紅蓋頭，
另有一朵牽著它、
娶了它、讓它發出了
更大一朵尖叫。
再有一朵，滄海的袈裟
裹著桑田，沿著枝頭
行腳，斜刺裡衝出

格外的一朵，問

樹下的小朋友們飯否。

寫於香港

回鄉偶書

我自以為還說得來重慶話，
結果遭所有人當成成都人。
我因此回憶起一個詞：張班子。
像個觀光客，我滿懷驚異地
看著這個三十多年來一直聳立在
我的各種檔案裡「籍貫」一欄
的城市：坡坡坎坎多得
讓我的細腳桿也偉岸了起來，
新蓋的高樓完全是本地哥特，
像玉皇大帝在烏雲裡包的二奶
把穿著絲襪的玉腿從天上
伸到了地下。但我最牽掛的，
還是在夜間輝煌的燈火之間
黑漆麻孔的地帶：那是格外一個
隱形的城市，梔子花和黃角玉蘭
賜福於那些香蔭的小生活，
拐幾道彎才拐得攏的危樓裡，
老漢們打著成麻，棒棒們吃著
辣慘了的小面犒慰辛勞的一天，
洗頭的妹兒多含一口鴨兒，就為
鄉下的娃兒多掙了一口飯。

我這次來得黑背時，有一團火
把白天的交通整得稀爛。
我搭了一輛摩托，從羅漢寺
到兩路口，要往濱江路走怨路。
在江邊飛馳的時候，兇猛的江水
拍打著我的身世，我突然看到了
另一個我的一生：如果當年
我老漢沒有當兵離開這裡，
我肯定會是一個摩托仔兒，
叼著老山城，決著交警，每天都
活在火爆而辛酸的公路片裡。

　　　　　　　　寫於重慶，以重慶方言寫就。

白貓脫脫迷失

西元568年，一個粟特人
從庫思老一世的薩珊王朝
來到室點密的西突厥，給一支
呼羅珊商隊當嚮導。在
疲憊的伊黎河畔，他看見
一隻白貓蹲伏於夜色中，
像一片怛邏斯的雪，四周是
乾淨的草地和友善的黑暗。
他看見白貓身上有好幾個世界
在安靜地旋轉，箭鏃、血光、
屠城的哭喊都消失在它
白色的漩渦中。幾分鐘之後，
他放棄了他的摩尼教信仰。
一千四百三十九年之後，
在夜歸的途中，我和妻子
也看見了一隻白貓，約莫有
三個月大，小而有尊嚴地
在蔚秀園乾涸的池塘邊溜達，
像一個前朝的世子，穿過
燈影中的時空，回到故園
來巡視它模糊而高貴的記憶。

它不躲避我們的撫摸，但也

不屑於我們的喵喵學語，隔著

一片樹葉、一朵花或是

一陣有禮貌的夜風，它兀自

嗅著好幾個世界的氣息。

它試圖用流水一般的眼神

告訴我們什麼，但最終它還是

像流水一樣棄我們而去。

我們認定它去了西元1382年

的白帳汗國，我們管它叫

脫脫迷失，它要連夜趕過去

征服欽察汗、治理俄羅斯。

注：

脫脫迷失　：Toqtamish，金帳汗國（Kipchak Khanate, or
　　　　　　　Golden Horde）的第三十任君主。

粟特人　　：Sogdians，古代中亞地區以經商著稱的民族。

庫斯老一世：Khosrau I，531-579年在位的古代波斯薩珊王
　　　　　　　朝國王。

薩珊王朝　：Sassanids，存在於226-650年，古代波斯最
　　　　　　　後一個王朝，被認為是第二個波斯帝國。

室點密　　：Istämi，西突厥汗國的建立者。

呼羅珊　　：Khrurasan，西南亞古地名，大部分在今天的
　　　　　　　伊朗，一部分在今天的阿富汗和土庫曼斯坦。

伊黎河　　：Ili River，亞洲中部內陸河流。

怛邏斯：Talas，古代中亞地名，唐時中亞的貿易市場、交通要衝和軍事必爭之地，在今哈薩克斯坦東南。751年阿拉伯帝國在此大敗唐軍。

蔚秀園：前清醇親王奕譞在海澱的賜園，現為北京大學家屬區之一。

白帳汗：White Horde，蒙古帝國時期四大汗國之一金帳汗國的藩屬國之一。

欽察汗：Golden Horde，也就是金帳汗，位於今天鹹海和裡海北部的俄羅斯和東歐和中歐地區。

七層紗之舞

——給 biubiu

每晚，我都是希律王，在床頭
看你塗上七種護膚品
跳七層紗之舞。第一層，取自
小貓鼻子上的濕霧，那裡有
一小片貴州，暗中把華北安撫。
第二層是一朵吃蘋果的雲，
飄在家中宣講瘦身術。第三層，
荊芥連著薄荷，薄荷挨著紫蘇，
寫成一本令舌尖迷路的菜譜。
機器人的激情織成了最熱忱的
第四層，熟知你身段的裁縫
名叫阿西莫夫。第五層
是一聲痛哭中瀉下的伊瓜蘇瀑布，
妹妹找哥淚花流，找到以後
卻要餓肚肚。肚肚飽了就有
運動的第六層：電腦裡，一幅
大航海時代的藏寶圖，多少
肥胖的時光在上面練出了鎖骨！
那第七層呢？「哞哞，第七層
就是你的肌膚，只有你
才能讓她青春永駐。」星空中，

一頭30歲的金牛把秘密傾吐。

它早已偷偷地把你移交給我守護。

高爾夫球場

從我住的酒店望下去，
有一片綠得發嗲的高爾夫球場，
像一個整容後的大齡二奶，
對四周威而剛的高樓吐出
要死要活的綠氣：「來呀！來呀！」
於是來了一群花衣花褲花肝花肺的
資產階級，每人拎一根
細長的資產階級假雞雞，向一砣
名叫果嶺的綠屁股亂揮一氣。
空氣鹹濕得可以隨時伸出一根手指，
從半空中摳出一場黏乎乎的雨。
資產階級們玩累了球球、洞洞
和明晃晃的假雞雞，坐著電瓶車
逐烏雲背後的財富而去。
鳳凰樹、雞蛋花、木麻黃，
都被資產階級夾在軟綿綿的褌裡
帶回去裝點鹹濕的證券市場。
高爾夫球場在資產階級的烏雲下
綠得暈頭轉向，綠得讓
果嶺上的洞洞止不住地發癢。
像是一種安慰，幾隻

白色的大鳥降落到空蕩蕩的球場上，
翅膀收起的一剎那，我突然看到
一種來自撒馬爾罕的淒涼。

寫於深圳

樓群

這些樓群在都市裡走秀，
長腿、平胸、價格之臀亂扭。
我總希望從天上，從
草場一樣枯榮的雲層中
殺出一隊阿提拉、成吉思汗
或者帖木兒，把這些
瘦骨嶙峋的樓群撲翻在地，
扯下她們廣告燈箱的頭飾，
扒下她們玻璃鋼的內衣，
往她們的豆腐渣下體裡，
夯入十三個兇猛的游牧世紀。
但從雲層裡走出來的，往往
是更多長腿平胸的樓宇，
她們別著更刺眼的廣告燈箱，
穿著更猥褻的玻璃鋼，
一路裝著逼、漲著價，
把我遠眺的視線
狠狠地踩在了計算器之下。

（寫於深圳）

里弄

內褲緊挨著臘肉、鹹魚
掛滿了巷道兩側的梧桐樹。
樹下，菜刀男渾身是膽
在東北館子的案板上剁碎了
四分之三個南宋。
熱乎勁兒這就傳開了，幾條
縮在冬天的袖子裡吃面的好漢，
竟被熱氣蒸得掏出了小靈通，
按下一行親娘，發送成功。
右半條街有笑咪咪的屋簷，
鴨舌帽老頭嚼著醬鴨舌
聽他父親從土牆縫裡捎話：
台兒莊一戰，死傷慘重。
可巧，小樓背後
是乳臭未乾的高樓，脖子上
掛一條廣告圍嘴，上書SONY。哦，
SONY，SONY，誰的嘴在唆你雞雞？
粉燈亮處，老房子總能
溫暖老生意。但更多的老生意
須得在街頭放肆，比如：

大喊三百聲年糕，而後把扁擔
挑進吾等闖入者緩慢的耳蝸裡。

寫於杭州

掏耳朵

第一次給你掏耳朵的時候，
我戰戰兢兢地，從裡面掏出了
一個鳥窩。鳥窩裡的鳥都說著
我說過的廢話，我羞於看見它們
唧唧歪歪地從你眼前飛過。
第二次，我掏得更深，先掏到
棉被一樣厚的烏雲一朵，
我沉住氣，沿著雲端再往裡掏，
就掏出了整整一上午都躲在烏雲裡
下載毛片的太陽老哥。這該死的傢伙
看的毛片和我看的一樣猥瑣，
它升到天上，向你認了個溫暖的錯。
你嫌金屬耳勺太硌，所以第三次
我就換了一把牛角的，可以對付
更多的妖魔。天哪！這一次
我居然從你耳朵裡掏出了
一歲大小的我。好像還沒掏完。
一歲的我小手緊緊拉著你耳朵深處
兩歲的我，兩歲的我拉著更深處
三歲的我，我越掏越慌，最後
掏出了三十多個吵吵鬧鬧的我。

你讓這三十多個我和我站在一起
排排隊、吃果果，相互交流
對你的研究成果，然後又讓他們手拉手
回到了你的耳蝸。我頓時理解了
你為什麼這麼喜歡掏耳朵。

注：毛片，大陸北方語彙，意為Ａ片。

阿克黃

你為我叼來魔鬼的呼嚕，
我餵你吃窗外的滿天大霧。

你蹲在水碗邊上等候漁夫，
我給你讀了兩遍《碩鼠》。

你抓我，想從我身上抓出
各式各樣的隱形生物。

我搖著你的腦袋，神色嚴肅，
拷問你到底把手錶藏在了何處。

你一高興就忘了禮數，
闖進衛生間觀看人類的屁股。

我一生氣就記不得你的種屬，
曾經叫過你變態、狗屎和豬。

慚愧啊！我和老婆互相照顧，
卻讓你在手術刀下迷失了公母。

我以為你咔嚓之後只喜歡哭，
只喜歡抱著桌子腿跳鋼管舞，

沒想到你依然矯健如故，
從書架上掀下來一堆歧視太監的書。

你甚至還操心起太空軍務，
在電腦上踩下導彈打衛星的命令符。

我教育你要愛和平、走正路，
你躲在沙發底下，喵喵嗚嗚。

為了請你出來散心我三顧貓廬，
結果，反被你關進了狡黠的小黑屋。

小貓四章

1) 小貓（給劉寅、范雪）

第一個晚上，被它從擱架上拽下來的東西有：
一袋屈臣氏面膜，一條中南海0.5，一摞
寫錯了名字的匯款單，一本《中亞古國史》。
我教育它要尊重靜物。第二個晚上，它還是
刨下來以下物品：一坨普洱茶，一個海龍電腦城
導購小哥的名片，一尊古巴泥塑，一副方塊A上
印著「肛交非常容易感染愛滋病」的撲克，一本
《中亞古國史》。我給它講事物的秩序。第三個晚上，
它依舊從一種叫做人世的時空裡叼走了一張
刻著紅音潮吹的光碟，一雙掛在牆上用來辟邪
的草鞋，以及，一如既往地，一本《中亞古國史》。

第四天的白天，僧人鬧事，有司發言，連翹
說開就開，喜鵲讚美路人的衣衫，一切事體
皆如從前，獨有一個小女孩的陽光和一個
小男孩的陽光，竟在陽光火鍋前好端端地交織出了
淚眼。我敢斷定，小貓早已預見到這百年不遇的
善男善女善眼淚，每個夜晚，它都急於表達
它那柔軟的身體裡驚天動地的快意：每件被它

掀動的物品都是它重新命名的一個詞語，它希望
每個早晨我們都能在收拾東西的時候，破解一句
它用至善的耳朵在星團的轟鳴中聽見的秘密──
為了和它溝通，我必須再次閱讀《中亞古國史》。

2）小貓（給黃茜）

火星上飛來的小姑娘
一落地就長過了一米七。
她假裝和我們一樣
隨斜風而料峭、在酸奶裡
喝謀生的力氣，
但她眼裡的春花
分明結著一個秋月，
她聽見的夏蟲，很可能講著
1935年冬天的葡萄牙語。
加油，她對自己說，
誓把紅塵趕出大氣層。

只有小貓和她分享著
身上的天象：當它收起

脊背上瀰漫的黃沙，翻躺在
地板上，一條逍遙的銀河
在它肚皮上流淌，
令懶洋洋的人之手
亦能摸一把毛茸茸的浩渺。
此時，這小姑娘，哦，剛剛在
宇宙盡頭的餐館吃完晚飯
的小姑娘，碰巧有兩團火燒雲
停留在她觀世音的臉上。

3）小貓（給徐曦）

少年仔，出牌的時候
休得大聲叫嚷，它的
玲瓏小玉膽，懸在你
八千級石階的聲帶上。
且讓它攜一肚子香港，
趴在你身旁：轉世前
它亦可能在屯門流浪，
通夷語、誦奧登，把
該叫的春在書中叫光。

少年仔，且屏息靜觀

牌勢的蒼茫：前一刻

還是校園網上毛片王，

只那麼一張勾魂紅桃，

就悄然化作MSN上

無嗔無怨的上好情郎。

可憐的它，塵柄已在

寵物醫院裡一刀流芳。

它只能嗅著你滿腳的

圖書館氣，陪你暢想

一副牌裡人世的狷狂。

4）小貓（給張揚）

我曾親眼看見小貓和一隻小蟑螂

狎媟無間。那蟑螂僅僅是想

從無休無止的下水道穿越之旅中

爬上來，舞一曲孤伶伶的蟲殤。

曲未終、觸鬚亂，卻惹來

小貓的憐愛，黃白小爪輕撫

蟑螂翅膀上經年不散的哀怨之光。
「我，我，還沒有男朋友呢，雖然
我吃得有些胖。」微胖又何妨？
小貓伸出暖如春風的軟舌
把妹性大發的小蟑螂掀翻在地上。

在小貓萬花筒一般變幻的眼中，
那時辰，那衝動，那小小的蟑螂
分明疊合成了另一個物種的形狀：
她面色皎皎，她黑襪花裙，
她即便懶於梳洗，也自有一股
把汗水電解成漢水的體香，
令小貓泳思於其間，靡靡喵聲
盡誦漢之廣。這次第，千年遊女
也要扮蘿莉，但見她慌慌張張
弄脹了小貓的熱望，她讓它
貓心似箭，它讓她乾坤蕩漾。

雨

旅途中，總有

不知生辰八字的細雨相隨。

在機場的出口，雨就已經

混進了人群，踮起

窸窸窣窣的腳尖，盼你。

火車上，雨，又是雨

拿灰濛濛的小指甲

刮著車窗喊你，你就是不醒。

要等到一個空落落的傍晚

你才真正和它相遇：

雨伸出它小貓一樣的舌頭，

一塊磚一片瓦地，為你把

整條街道舔濕，讓你在空氣中

聞到了小學一年級。

你把剩下的雨

從一顆冬青樹上抱下來，

讓它躺在你的旅店裡。

你用毛巾擦去它身上

冷颼颼的風，卻看見

這陌生的江南細雨

竟有一塊和你一樣的胎記。

寫於上海

停電的雨夜

你把沒人要的傍晚帶回了家。

你扔掉了它手中的雷電，

脫下了它身上的風，把濕漉漉的它

擦得乾乾淨淨，給它換上了

你為孩子準備的小T恤，請它

吃了一盤熱騰騰的青椒炒烏雲。

它不理你。它打著飽嗝，

安靜地聽樓後的街道上

陷在積水中的汽車用滿天的喇叭罵它。

它也不理喇叭。趁你不注意

它鑽進了你家中的電閘，一口吃光了

你們那片居民區全部的電。

停電了。它從電閘裡鑽出來

就變成了沒人要的黑夜，

流著鼻涕，和你在黑暗中對坐。

你和它交談，它說一口煉獄裡的方言。

你取來蠟燭，點燃，在火焰搖動的剎那間，

你突然聽懂了它一直在重複的一個詞：想念。

槐花

每一粒細小的槐花裡，
都有一小滴清涼的夜。
一整串槐花被風吹動，
就有一小股夜晚蔓延。
而滿園子的槐花，哦，
只能在此，不可重現。
我們在樹下走來走去，
鼻子像是長出了翅膀，
蜜蜂一樣，四處採集
宇宙盡頭的夜之香甜。
我甚至還鼓勵你掐下
一朵生鮮、白嫩的夜，
慢慢咀嚼，切勿吞嚥，
把甘美夜色留在舌尖。
你將口中的黑夜遞到
我嘴裡，它愈發濃釅。
噓！我們看了看四周，
在確信園中無人之後，
每人都從樹杈間取下
一把透明的風的鋤頭，
在半空中挖出一大片

漂浮不定的農田，把
我們聞到的、嘗到的、
用手心一點又一點地
觸摸到的夜晚，全都
像種子一樣種在裡面。

中關村

天橋下，一群貼打折機票小廣告的縮水西裝
和另一群發打折機票小卡片的縮水西裝打了起來。
風在半空中操縱著一個看不見的手柄，
讓他們打得像遊戲機裡的小人兒一樣勇猛。
其中一個小人兒的縮水西裝打沒了，露出一件
芝加哥公牛的背心，牛頭被西瓜刀砍出一道血印。
風拉著他落跑，他跑過天橋，躲到了
街對面的一間髮廊裡。幾個肉唧唧的人
在門口打鬥地主，她們的網眼衫連成一張昏暗的
蜘蛛網，掛在路邊粘肉唧唧的屍。芝加哥公牛
破網而入，嚇壞了衣櫃背後的隔間裡
一個剛脫下豹皮裙的黃毛女。「警察！」
她吐出嘴裡的一小截日本留學生，衝出後門
獨自去跑路。風跟在她身後，伸出麻利的風的手指
幫她扣好胸衣、裹好豹皮。她一口氣
跑過拆遷房、工地、售樓處、一萬五一平米的小區，
撞上了一根從摩托車上橫掃過來的悶棍。
持棍的暗黑破壞神兩隻胳膊上都刺有「愛」字紋身，
他揮動著兩個淩厲的「愛」字，扯下了
黃毛女身上的金項鏈和銀耳墜。風催促他
迅速回到摩托車後座，指揮駕駛座上

穿著天線寶寶Ｔ恤衫的兄弟按原路逃跑。

逃啊逃，逃啊逃，風偷偷地把地圖掉包。

暗黑摩托車穿過透明的寫字樓、職業經理人、

哥特搖滾、奧運精神、壞帳率和英代爾雙核處理器，

最後被風掀翻，栽倒在這首飄滿了柳絮的詩裡。

大航海時代

把工作扔進大海，
把北京關進1507年的船艙，
你在遊戲裡是一個
威震加納利群島的女海盜，
用滑鼠咔嚓水手以想念
外出的老公。設若
被你咔嚓掉的某一個水手
因為程式的故障苟活了下來，
越過好望角、莫三比克海峽，
經麻六甲、南中國海和舟山群島，
來到長江的入海口。設若
程式的故障讓他寂寞地航行了
500年，讓他沿著長江
一路逆航到漢口的海關大樓，
他就會生命力爆發，爬上
沿江大道，來找旅途中的我：
我碰巧在一棟1913年的租界建築
改造成的酒店裡，遙想1913年
你我的前生有否在亂世中
同渡一船。那水手
會偽裝成服務生闖進我的房間，

一記佛得角鐵拳，把我打翻在地：

「個板馬的，還毛回克，

你老婆玩大航海時代都玩苔了！」

寫於漢口

小病初癒

小病初癒勝過小別重逢。
一覺醒來我就撲騰著看你，
好似我眼睛裡有一群遭罪的老麻雀
終於飛回了肥美的油菜地。

你還在睡呢。過去三天，
你打開電腦就能學術，手離鍵盤
就能把我照顧，轉身捏一個「愛」字決
就能從論文裡切下半斤五花肉下廚。

我懷疑我的病是個專偷幸福的小賊，
他趴在我身上行竊的時候竟想和我搞gay。
還好，有你嬌好無雙的耐心，
再纏綿的病都會被你逼得在黑夜裡自盡。

過去三天，我仿似第一次學會了區分
痛與疼：病一痛我，你就疼，
你一疼我，病就氣得亂痛，我趁亂
偷偷疼你，你我互疼，天下就無痛。

是的，一覺醒來就天下無痛。
你還在睡，還在夢中手捏「愛」字訣
為我紅燒一輪明月。我撲騰著，看你，
用翅膀幫你把灶火扇得更烈。

一個字

有一天，我突然想寫點什麼。
我不停地點IE右上角的叉叉
像崇禎十七年攻入成都的張獻忠，
以滑鼠為刀，砍死了全部的
含有「強姦」、「亂倫」等關鍵字的
社會新聞。異常粗暴地，
我關閉了所有的下載軟體：
BT、迅雷、電驢、FTP，不管那裡面
有多少F罩杯正在1k接1k地隆起。
我一把捏住了一首歌的喉嚨，
把它摁在播放器裡活活掐死。
至於msn，這倒楣的玩意兒，
噙著所有線上好友的淚水，
被我像麻風病人一樣轟出了電腦。

是時候了。我打開了一個
白茫茫的word，乾淨得像是
天使在地獄裡的履歷。我激動地敲下了
第一個字，指尖還未離開鍵盤，卻發現
那個字正一筆一畫地從螢幕裡
往外爬，已經爬出來的筆劃

形成了一個三角形的腦袋，分明是

一隻壁虎！我慌忙用手捂住word，

但還是來不及。接下來的筆劃

已成為細小而有力的壁虎身軀，

帶吸盤的小爪子勇猛地撐開了

我手指間的縫隙，扭動著，

試圖鑽出液晶。妻子趕緊幫我

扣上了筆記本，但，僅僅，

只夾住了最後一個變成了尾巴的筆劃。

斷了尾巴的壁虎迅速逃離了

我的書桌，我的家，不知所終。

而我，竟怎麼也想不起來

我到底敲下了怎樣一個字。

寫於上海

晨起作

南來北往的水汽越來越少，
天色一走出來就冷，就發呆。
剛剛掀開的半床秋夜
究竟有多少還留在腳板上？
自行車把一路的葉子
都騎不見了，誰家的懶八哥
對著遠山罵了我三遍。
這小區，這新分配下來的舊時代，
又可以吐納我幾年。
我打開門，讓江西人和河南人
分別引塑鋼和塗料入室。
是了，就是這一刻，
我推翻又承認了滿屋子的假設，
你還在另外半床的秋夜裡
拉我暢遊小崽生活。
睡吧，我會替你醒更多的早晨。

那些夏天，寧靜的地名

載滿瓜籽殼、臭腳和黃果樹焦油但居然也有空調的火車
從凱里附近的一個小站飛馳而過，
青山綠水之間閃過一個站牌牌——六個雞。
此後腦殼如同遭雞哈過，不，不是如同，
就是遭六個不曉得長成哪樣的天雞一腳接一腳
哈得稀爛。一大砣格外的地名像是
草草埋在地底下的金銀細軟，遭雞腳哈了出來
閃著大好河山旮旯裡的私家汗水之光。
這些地名，這些汗水裡頭的有義氣或者沒得骨氣的鹹味
都是夏天的。好多個不走白不走的夏天哦！
我曾懷揣著這些細碎的地名星夜兼程
為了攥一團江河湖海通吃的祥雲，
也曾把這些地名用錦囊包好，交與
一兩段粉豔故事，暗香浮出地圖上翻滾的年輕的肉。
魚兒溝、戰河、豬肚寨、浪卡子、眨眼草壩……
再加上前兩天才走安逸的一個：朗德，
那個地方不僅有開發得寡老實的苗寨，更有
路邊大幅標語讓遊興裡的良心打抖抖：
「讀不完初中，不能去打工！」
好了。六個雞已經遭不長記性的火車甩遠了。
我決定像個逃難的壞人

把這些碎銀子、小珠花一樣的地名再埋起來，
怕時光追殺過來討債。那些夏天，寧靜的地名
最好一直像這樣藏在腦殼裡，生人勿近，子女不傳。

　　　　　　　　　　　　　　　　寫於廈門

注：凱里，黔東南州州府；詩中的「遭」在川黔方言中意為
　　「被」；「遭雞哈過」的「哈」是川黔通用的動詞，有
　　亂扒、亂刨之意；「寡老實」裡的「寡」為貴州方言，
　　程度副詞「很」的意思。

小別

鼓浪嶼讓我想起我們曾經去過的

薩爾瓦多的某個小島：

同是由渡輪載著三生的烏雲前往，

返航的時候，烏雲裡

少了一片踮著腳尖的前世的海。

那片不聽話的海同樣是從半空匆匆落下，

令島民們關閉門窗吐納小巧的宅事，

令遊客們撐開粉嫩花傘

遮擋狡黠的熱帶。在鼓浪嶼

有街巷曲折可人，

有瓜果小吃鮮如急雨，

有唐突造訪的隱者家中仁厚的江湖，

有美女驟現岩間擺其臀揚其胸不知所終，

有小土地上大叢大叢的、毫不猶豫的舒適感，

但我還是猶豫了一下，想起了

薩爾瓦多：那裡有你環球一周贈我歡顏，

有我們第一次對著大海的銅鏡梳妝廝磨，

而在這裡，只得一個空有良辰的我。

今生的烏雲攜帶海水裡羞澀的陽光

拍打新婚的山山水水，

不容你我以小別蹉跎。

寫於廈門

合群路

——為元貴而作

合群路上有人不合群，
拿一身肥肉掩護眼睛裡的靈光
躲在路邊吃火鍋。

街對面是省城好生活，
千百小崽衣衫光鮮，啤酒聲聲吼，
把小吃吃成大吃一頓，把窮快活

吃得只剩快活。又有先進的遊客
開發西部身體，街邊的沐足廣告
似要為所有人洗出三隻腳。

街這邊，入仕多年的你
依然官拜科級。你跟我講時局講民生，
就著麻辣蘸水，探討如何用韓愈

增強政論文的表現力。你對家鄉
愛得不慌不忙，但你酒後的腸胃裡
兀自醒來一個文藝的北方。

想當年，又是想當年，
你前額發亮，我亦是地道的詩歌豺狼，
你我二人霸佔了多少嬌美時光！

但兇狠總是不得好報，正如
我們面前的火鍋裡爛熟的狗，
昨日也曾在陌生的村口咆哮。

每隔幾年，我都要寫上小詩一首
分與你服食，不求青春常駐
但求扶養你眼中疲憊的靈光。

那靈光只一流轉，肥胖的你
即可騰空而起，在辦公室裡任遊天地，
或一覽人民，或造福漢語。

寫於貴陽

注：合群路，貴陽最著名的夜市一條街。元貴者，詩人陳元
　　貴也，筆名嘉禾，曾就讀於北大，九十年代中期返家鄉
　　貴州為吏。

**犰
狳**

猛地看見電腦上的日期，想起
一年前的今天，在南美的海灘巴拉奇。
那是一個被十七世紀的金子淘出來的小鎮，
坐擁吞天海景和葡萄牙的凋敝。
入夜，我們攜一身憨猛的雲和島嶼
回到岸上，見街就逛，見古就唏噓。
有花花紅燈閃出一個詭秘的去處，往來者
皆是氣質男和肉意闌珊的隨便女。
我們驟然歡喜，誤以為來到了
本地的風化區，進去之後才發現
此處乃是文藝天地，方圓百里的知識分子
攜帶成群的知識粉子，在此鄭重地追憶
巴西東南沿海印第安人的血淚履歷。
牆上是被裝裱成藝術品的印第安人，
台前有被演說成學術繞口令的印第安人，
大廳裡陌生的乾柴和烈火以印第安人的名義
迅速地組合在一起。我們在那裡
沒有看見一個活著的印第安人，直到
走出門去，在幾十米之外的街角
與幾個賣手工藝品的印第安人在黑暗中相遇。
他們露宿在街頭，出售做工笨拙的

木雕、草編和飾羽。他們不叫賣，

像繭皮一樣硬生生地長在黑夜的喉嚨裡，就連

不得以說出的幾個關於價格的葡萄牙語數詞，

也像龜裂的繭皮一樣，生疼、粗礪。

他們眼神裡的警惕連成一道五百年前的防線，

從防線那一邊，我們小心翼翼地買來

一隻木雕的犰狳。嗯，犰狳。

性格溫順的貧齒目動物，渾身披甲，

像他們的祖先，在叢林裡逐安全感而居。

嗯，巴拉奇。我剛剛被精英們沉痛地普及：

此地的印第安人原本盛大而有序，說靈巧的

圖比－瓜拉尼語，後來被捕殺無遺。

精英們不願提及那些黑夜的喉結上

一小片繭皮一樣暗啞的，不可見的後裔。

胖知了、瘦知了

胖知了是一小時以前的你。
你趴在任何一根不可能的樹上哭。
你哭得因果繚繞，根本看不清
那些樹是沙發、書、沖走巴赫的馬桶
還是我肩頭上一小塊忙亂的肌肉。
你一度想到用穿牆術
躲在童年裡哭，但總是藏不住
胖得發抖的知了屁股。我注意到
你可以從任何一段哭的中間部分
開始哭，還可以把兩段已經結束的哭
草草合併在一起，用兩倍的知了心
再哭一遍。好在你把咱們家哭餓了，
鍋餓了，碗餓了，連那陽臺上晾著的胖衣服
都餓出一陣微風來了。我從知了王國
下載了一頓豐盛的晚宴，你就不哭了。
你從各種不可能的樹上飛下來，
面帶緋紅人性，口吐雞翅骨。
飯後的時光適於狠心地睡。
你渾身是笑，睡成了賢妻良母，我卻
在自己破綻百出的夢裡飾演了一隻
環球80天嘶叫的瘦知了。

旅美詩選

2008

松鼠

──給阿子

幾天前，像兩個遊手好閒的監工，

我們總是在路邊監督松鼠們的集體勞動：

每天早上，牠們把好天氣一粒接一粒地

從樹上搬到地下，傍晚時分，則把

整個小鎮的安靜掰碎了，叼回樹上。

你認為松鼠們同樣也樂於看見

我們這兩個大松鼠一樣的中國人，

一路上，兩根隱形的大尾巴一左一右

在異鄉的空氣中攪動出兩行

「家」字的正反書。沒錯，其實是牠們

在路上等著看我們。像商量好了似的，

每走五米，就有松鼠蹲在路邊

向我們展示捧在兩隻小前爪上的

一小坨鄉村美國。牠們甚至能聽懂

我們在說什麼，臨走的時候，你說：

「要好好吃飯！」我看見旁邊的草地上

一隻松鼠聞聲朝我舉起了一枚橡果。

你走以後，我那根隱形的大尾巴

一直耷拉著，再也揮不出「家」字，

倒是經常能夠在門外抽煙的時候，

看見松鼠們從兩棵楓樹之間的電線上

飛快地爬過，牠們把電線裡的電
踩成了一首想你的詩，又通過
110伏的電壓傳到了我的電腦裡。

蛐
蛐

當我們用MSN視頻通話的時候，
儘管你那邊一片晴好，我這裡
夜色安寧，卻總有轟鳴的雷雨聲
包圍著我們孤伶伶的嗓音。
難道是太平洋上成千上萬的風暴
潛入水中鑽進了海底電纜，
只為了給我們相依為命的交談
增添幾分雷霆萬鈞的亂世情懷？
哦不，我們要從這萬惡的悲情、
從這電視劇一般蹩腳的雷雨聲中
奪回我們那清清白白的細語。
我們改用了skype，謝天謝地，
電纜深處終於風停雨住，我終於
又可以看見在北京和北美的兩個
無線路由器之間，無數個博爾特
舉著我們的嗓音在漫長的寬帶上
飛快地接力。但沒過多久，
奇異的狀況再次出現在不靠譜的
乙太世界裡：我們的嗓音四周
竟升起了一片悅耳的蟲鳴，
仔細辨認，像是有數不清的蛐蛐

藏在skype裡齊聲happy。顯然，
我們在北京的家中沒有草叢，
我在北美的房間裡也找不到任何
這種直翅目小玩意的痕跡。但
同是初秋，當我們打開窗戶，
窗外都有卑微而優雅的蛐蛐，
一聲一聲地奮力把天空叫出秋意。
看來它們之中分別有一部分
已經混進了電腦裡，附著在
我們的嗓音中，探聽另一片大陸上
秋天的秘密。像是同時體諒到
這些小傢伙們的不易，我們
保持著沉默，聽蛐蛐們互致愛意。

花栗鼠

後腿直立、前爪耷拉，
一隻花栗鼠站在草叢中
側耳傾聽我身上的秋風。
我每向前一步，牠的小眼睛
就猛然明亮幾分，像是
有閃電的碎片落入它的瞳孔。
牠知道我不是唐老鴨，
我也知道牠不是奇奇或者蒂蒂：
牠是出沒在我那老民主黨房東
放在戶外的垃圾桶邊上的
一隻活生生的花栗鼠，
牠精於收藏，每天都在忙於
把一寸又一寸的光陰
叼進一種叫做冬天的未來裡，
而我總是試圖去猜測
牠那鼓鼓囊囊的腮幫子裡
到底塞了些什麼東西：
幾枚堅果、落葉裡的鄰家生活
還是一本卡夫卡的《美國》？
每次，還沒等我想明白
自己和牠到底有幾分相似，

牠眼中閃電的碎片就會

彙聚成一道佈滿條紋的

毛茸茸的閃電，飛快地鑽進

路邊的地縫裡。我也會轉身

回到自己住的地下室裡：

我暫時叫作陀思妥耶夫斯基，

我要為回國前漫長的冬天

寫一屋子《地下室手記》。

蝗蟲

這是一段絕望的行走。

烈日中似有一隻

化名為上帝的巨大的秋老虎

在我的頭頂不住地咆哮，

更多的秋老虎，藏身於

我身邊數不清的汽車馬達中，

也紛紛用它們暴躁的石油之喉，

發出了震天的嘯聲，像是在

齊聲呵斥我這個公路上唯一一個

體內沒有石油的物體。

這竟讓我產生了一種

犯罪的快感：沒錯，背著

碩大的雙肩包，步履堅定地

行走在小鎮郊外的曠野上

兩個不通公交車的商場之間，

我看上去絕對不像一個

為遠方的妻子四處挑選內衣的

購物者，我更像是一個可疑的

有色人種，背包裡興許是

毒奶粉、炸彈或者共產主義。

突然間，在馬路邊的荒草中

我的腳步喚起了另外一些

體內沒有石油的物體：

那是一群蝗蟲，灰頭土腦地

在這個龐大的國度

過著牠們渺小的直翅目生活。

牠們是最棒的鄉村樂手，

翅膀和後腿稍事摩擦，

就足以令我從北美大草原

回到四川盆地的稻田。

加油，蝗蟲們！在我汗水滴落之前

快用你們的小聲音

把所有的秋老虎統統催眠。

野兔

這金髮小美女竟像是從
我剛剛下載的毛片中走出來的一樣，
V領衫、小短裙、懶散的人字拖
啪嗒出北美學妹的小罪惡，
一對纖細的腳踝慢悠悠地
把緊繃的大腿裡沙啞的肉的聲音
搖晃到臀部那高高翹起的音箱裡：
左邊的音箱說著Oh，一小下
浮士德的停頓，右邊的音箱
又接著說Yeah。她那淘氣的鎖骨
沒能鎖住盛在E杯裡的兩份
香草蜂蜜冰淇淋，烈日下，
它們時刻像要融化，令空氣中
每一個興奮的氧分子都伸出了
紅腫的舌頭。幾秒鐘之內，
我感覺我大腦裡的氧分子也紛紛
離我而去。這時，隔著柵欄，
我看見小美女走過之後的小路上
不知何時跑來了一隻野兔，
胖得像兔皮裡塞滿了整個愛荷華州
的農業，氣喘吁吁地趴在

一堆落葉上，疲憊的眼神
被小美女遠去的身影晃得越來越
老邁迷離。我斷定，那堆落葉旁邊
一定掩藏著一個卡羅爾的兔子洞，
這可憐的野兔一定是剛剛和
那個長大成人的愛麗絲結束了一次
錯誤的漫遊。看著這失足的野兔
淒涼的晚景，我默默地刪除了
電腦裡所有的毛片，順手還把
收藏夾裡的幾個兔子洞堵了個嚴實。

麻雀

這裡的月亮不比國內的圓，但
這裡的麻雀的確比北京的肥胖。
已是十月，麻雀們分成了兩派：
一派待在樹上，搶在秋風之前
偷偷地給每片楓葉寫上了一個
「紅」字；另一派經常在地上，
惡狠狠地消化入冬前的藍莓裡
乾燥的藍，直到冰涼的叫聲中
出現了遙遠的大海。它們經常
蹦跳著爭吵，各自糾集肥胖的
同夥們，甚至糾集空中的電線、
地面的煙頭，把這幽靜的街角
變成了直播辯論的街角電視臺。
作為偶爾路過這裡的唯一一個
幸運的觀眾，我對它們的議題
並不感冒：無非是約翰家門口
那個常有剩飯的垃圾桶到底是
誰的地盤。我感興趣的，嘿嘿，
是它們肥胖的身體，是一坨坨
肥胖的肉裡辣椒和孜然的香味。
上蒼啊，賜予我竹籤和木炭吧！

只需要一小串烤麻雀，就足以
撫慰一個北美遊魂的東亞的胃。

狗　高大的德國黑背麥克斯有個很下流
的習慣，喜歡鑽進男性房客的雙腿之間，
用頭頂反覆地摩擦他們莊嚴的褲襠裡
那兩個尷尬的球。房客們不知所措，
房東約翰大爺卻笑出了一臉的玻璃渣，
他似乎看到了在麥克斯急促的喘息中，
男人們那根僅存的倫理在絕望地戰慄。
可憐的老約翰，一個飽讀詩書的同性戀，
多年前被政客男友拋棄的陰影什麼時候
變成了一頭黑背的身形？麥克斯不怎麼
招惹我，因為和它相依為命的母狗，
澳大利亞牧羊犬西迪，是我的好朋友。
老約翰不太喜歡西迪，所以西迪總愛
跟著我混。我在廚房做飯，牠跟過來，
在我炒菜的油煙中尋找宇宙盡頭的骨頭；
我坐在桌前看書，牠努力把腦袋伸到
書邊，沒看幾頁就倒在地毯上昏昏睡去。
我在門外抽煙，隔著玻璃門，牠始終
用那雙四川農民一樣淳樸的大眼睛
緊緊地盯著我手中的煙，生怕會有松鼠
從樹上跳下來把牠搶走。有時我懷疑

西迪其實就是我在北京的家裡那隻叫做
阿克黃的貓：但凡我在視頻通話中
看見阿克黃的時候，西迪就不在我身邊
──牠已迅速地跳進了乙太之中，從
我妻子的電腦裡，伸出了貓爪子。牠是
我們貓三狗四的活路上匿名的守護天使。

IWP 關於社會變遷的討論會

討論桌上，兩個來自
極權國家的民主鬥士在暢想
全球化如何能夠像天真的種馬一樣
在他們的國土深處射出自由，而
一個來自民主國家的左派
卻用他靈巧的理論手指，從
華爾街的坍塌聲中，剝出了一個
源自1848年的幽靈。
但這些發言並未引起爭論。令人們
吵得面紅耳赤的導火線，像是
一種宿命，還是那個有火藥桶之稱的
半島。一個憂鬱的青年，來自
那個半島上的文明古國，措辭縹緲地
提醒大家警惕半島上亂作一團的
民族主義，另一個憂鬱的青年
來自同一個半島上新近獨立的國家，
立即站起來奮力回擊。會議室裡
頓時有如二十世紀，甚至
二十個世紀的歷史突然重現：
是什麼在吹動沙丘一樣變幻的疆界？
又是誰讓阿訇與拉比、佛陀與上帝

貿然相遇？來自不同地域的人們
似乎都有相似的問題要質詢
他們的鄰居或者曾經的手足兄弟：
每個人生動的面孔不知何時
都變成了同一張「國」字臉。
只有我和來自世界上最大的沙漠以南
的幾個哥們沒有插話：
他們覺得這一切都像火星一樣遙遠，
我覺得這一切都像地球一樣遙遠。

一個有九扇窗戶的男人

一個有九扇窗戶的男人

在入睡前小心翼翼地拉上了

十八匹白色亞麻布窗簾。

他知道這無濟於事：深夜裡

十米之外的墨西哥灣

還是會一浪接一浪地闖進

他的小木屋，撚開他的臺燈

看他沒看完的書，摸出

他的打火機，把他沒有抽完的煙

抽到大陸架的肺裡去，最後

它甚至還會鑽進他的大皮箱裡，

將他一週後準備帶回亞洲的東西

全都變成大西洋的一部分：

水母，海星，海水裡懶洋洋的鹽。

對此他將一無所知。

在大貝殼一樣的白色床單上，

他像夢遊的寄居蟹，揮出一隻

瘦巴巴的螯，和壯碩的星星們

用黑魆魆的海浪的語言爭吵：

有種你們丫給我下來！

一個跟海鳥廝混的男人

一個跟海鳥廝混的男人，剛剛
從海浪迭起的午睡中醒來，就
來到了空無一人的海灘，沿著
下午三點不慌不忙的海岸線
一路去拜訪他那些漂亮得讓他
恥於為人的朋友們：鳥，
在單數的他和單數的海之間
矜持地抖動著天堂的複數形式的
鳥。他的長江流域博物學知識裡
找不到這些鳥的名字，所以他
乾脆給牠們編上了號：一號鳥，
有些像鵜鶘，入水的動作仿似
以大嘴為支點，在海浪上倒立；
二號鳥分明是一個地理錯誤，
酷似從工筆壽星身邊逃出來的
鶴，脖子和腳上細長的虛空
可以讓喧騰的海瞬間靜止成藍天；
三號鳥，大海那雄性聲帶的
忠實骨肉皮，海浪在沙灘上
唱到哪裡，它們就成群結隊地
飛跑到哪裡。他喜歡調戲三號鳥，

但每當他淫笑著，擋住了
嬌小的三號鳥們的去路，就會有
狀如鷹隼的兇猛的四號鳥從半空
俯衝而來，恐嚇他兩腿之間的
五號鳥。哦，沒錯，在這個
沒有衛生巾和避孕套的
乾淨而孤獨的海灘，他的五號鳥
已經變成了一隻地地道道的
叫不出名字的海鳥，在褲襠深處
一片更開闊的海域上展翅飛翔。

一個揀鯊魚牙齒的男人
——給臧棣

一個揀鯊魚牙齒的男人，
弓著腰、撅著已近中年的屁股，
在沙與海水之間搜尋。
換做在他的故鄉、他的童年，
這個姿勢更像是在把少年水稻
插進東亞泥土旺盛的生殖循環裡。
但請相信我，此刻他的確是在
揀鯊魚的牙齒，在佛羅里達的
薩拉索塔縣，在一個
叫做瑪納索塔的狹長的小島西側
瀕臨墨西哥灣的海灘上。
像著了魔一般，他已經揀了
整整一個下午，雖然灼人的烈日
似要將他熔成一團白光，但
每揀得一顆牙齒，他就感覺身上
多了一條鯊魚的元氣。那些
烏黑、閃亮、帶著不容置疑的
撕咬的迫切性的牙齒，是被海水
挽留下來的力量的顆粒，是
靜止在細沙裡的嗜血的加速度，
是大海深處巨大的殘暴之美被潮汐

顛倒了過來，變成了小小一枚
美之殘暴。他緊攥著這些
餘威尚存的尖利的小東西，這些
沒有皮肉的鯊魚，想像著
在深海一樣昏暗的中年生活裡，
自己偶爾也能朝著迎面撞來的厄運
亮出成千上萬顆鯊魚的牙齒。

一個在海灘上朗誦的男人

一個在海灘上朗誦的男人
從來都沒有想到他會像現在這樣
盤腿坐在沙灘上，跟海浪
比賽大嗓門。他的聽眾，一群
追逐夕陽定居在佛羅里達西海岸的
退休老人，從各自的家中帶來了
沙灘折疊椅，笑咪咪地，
聽他沙啞的嗓音如何在半空中一種
叫做詩的透明的容器裡翻揚，而後
落在地上，變成他們腳下
細小的沙礫。只有他自己注意到：
每首詩，當他用漢語朗誦的時候，
成群的海鳥會在他頭頂上
用友善的翅膀標示出每個字的
聲調；而當他用笨拙的英語
朗誦譯本的時候，不是他，
而是一個蹩腳的演員，躲在
他的喉結裡，練習一個外國配角
古怪的臺詞。朗誦中，他抬頭
望向遠方，天盡頭，賢慧的大海
正在喚回勞作了一整天的太陽。

一瞬間，他覺得自己也成了
聽眾的一員，一個名字叫風的
偉大的詩人，不知何時湊近了
別在他衣領上的麥克風，在他
稍事停頓之時，風開始用
從每一扇貝殼、每一片樹葉上
借來的聲音，朗誦最不朽的詩句：
沉默，每小時17英里的沉默。

一個路遇火燒雲的男人

一個路遇火燒雲的男人，在
傍晚時分，搭車從他的海邊小木屋
趕往35英里外的薩拉索塔，去做
他回國前的最後一次朗誦。他一直
摀著左邊的臉頰，自西而來的牙痛
像巨浪拍打著晦暗的牙床：
大概因為他在海灘上揀了太多的
鯊魚牙齒，遭到了墨西哥灣裡
憤怒的鯊魚們一致的詛咒，甚至
連那顆疼痛的牙齒都變成了一頭
復仇的大白鯊，兇猛地撕咬著
他牙床深處的鄉愁。天色漸暗，
疼痛不知何時開始從牙根
逐漸撤離，退向西邊的天空──
火燒雲！公路西側的薩拉索塔海灣
完全被火燒雲籠罩，一大片火紅的
雲的叢林、雲的戈壁、雲的高原、
雲的新大陸倒掛在天際，大氣中
似有無數個薩爾瓦多·達利
手持畫筆在像民工一樣勞動，把
三分之一的天空畫成了結結實實的

超現實主義。他在火燒雲上
看見了另一個火紅的自己和一大群
火紅的鯊魚在火紅的海底進行了
一場火紅的談判，談判的結果是
他獲准把他揀到的所有火紅的
鯊魚牙齒，全都送給他火紅的家鄉
有火紅人品的朋友們。最後，
在薩爾瓦多‧達利們把他們的作品
毀掉之前，他在火燒雲最隱秘的
角落裡，看到了他的妻子火紅的臉。

一個離開瑪納索塔島的男人

一個離開瑪納索塔島的男人
被鬧鐘裡海浪的胳膊推醒，
他提著一大皮箱的海水、波光、
柔軟的海平線，走出了他的
凌晨四點的小木屋。他抬頭，
看見壯士一般的星星們
列隊在空中抱拳相送，他身邊
有幾隻仗義的海鳥在灌木叢中
用翅膀撲打黑夜的喉嚨，讓它
發出混沌的告別之聲。別了，
由地殼上最天真的辭彙
構成的海灘天堂，別了，
把六十公斤的海風一行接一行
敲進電腦的寫作時光。他被
兩個鯨魚一樣龐大的本地好人
接到了鯨魚一樣傷感的車中，
沿著濱海公路徑直開往
坦帕機場。在陽光還未出來的
陽光天路大橋上，他感到
張開大口的坦帕灣正把他
像一枚誤食到腹中的石子一樣

從黑暗中吐了出去。他沒想到
這枚石子比想像中更快地
落回了它原來的羞憤的位置：
幾個小時之後，在華盛頓的
杜勒斯國際機場，他坐在一架
即將起飛的波音777客機上，
他周圍是半個客艙說河南話的
縣城幹部考察團，他們掏出
速食麵和火腿腸，把襪子
晾在座椅靠背上，大聲地炫耀
自己在拉斯維加斯贏了多少場。

旅居巴西詩選

2003-2005

北翼

1）

在一個以翅膀命名的城區，是否
每天都可以在夢中飛行？
我常在深夜裡醒來，穿過
空蕩蕩的臥室、客廳、廚房，

從冰箱裡取出冰涼的水，為那台
破舊的夢的發動機降溫。夜空中
還能看見散落的夢的零件，它們有時
是星星，有時組成一張記不清的臉。

2）

陽光成了我最要好的朋友。
每天早上，我和它分享手工捲煙絲，
分享南美洲東部滾燙的夏令時。
我們一起喝綠茶，反覆加水，直到

茶味變淡，陰影上身。
這個時候總會有一架飛機拖著
細長的憂鬱，在空中慢慢消失，不知
是去往昨天還是去往布宜諾賽勒斯。

3）

良人啊，我的桌上滿是
快樂的水果，而我的胃卻不在房間。
它在陽臺上消化著安靜，消化完我的
又饑餓地去消化別人的安靜。

而這裡只有名叫汽車的別人，或者
名叫樓房、名叫草坪、名叫
門房裡孤獨的監視器。我的胃甚至
想鑽過地心，去消化北半球的安靜。

寇里納

1）

每晚，汽車載來安靜。
不知名的花香送不知名的人
去隨便一個輪胎裡喝酒，
留下狗，把月亮啃完。

連狗都不知名，古斯塔沃
或者塔依莎，向樓上的我搖尾巴。
狗之後是風，風之後是
一陣透心涼，還我以熱乎乎的月亮。

2）

有人把吉他彈得精光，其他人，
用嗓音走路，像是走到了
天那邊。我愛上其中一聲笑，
但那笑聲裡面的烏雲一直是不笑的。

隔壁的隔壁隔著無限多的
隔壁。今天的天氣有好身材，
我的陽臺是它黝黑的肚皮。
門衛在對什麼人說，Boa Noite。

3）

從曠野上走來的良人啊

走進了耳朵眼就可以休息。

夜間沒有鳥，但有一隻知了

趴在秒針上鳴叫。

你那邊幾點？在這裡、在寇里納，

寥寥幾幢公寓樓撐不滿

我的睡衣。我不是我的瘦身軀，

巴西也不是巴蜀以西。

帕拉諾阿湖

1）

這些芒果睡著了。這些可哥

讓所有可哥的味道都回搖籃了。

這些桃金娘身懷失憶的果漿，

哦，差不多了，該把月亮

忘掉了。這些來自印度的枯萎的竹子

夢見了雨。竹子！就是竹子！

當我騎著自行車路過它們的時候，

看見月光下的湖水一下子老了。

2）

連湖面上的漣漪都說著葡萄牙語。

那些不規則的波紋的變位

弄皺了本地的倒影。對著它，

我練習「Eu te amo」。

我練習了整整一個上午。

沒有人。今天，人是被水之美誘捕的

稀有動物。我困在波光的牢籠裡

想起了秋水此刻不在南半球。

3）

你叫什麼？叫我Hú，漢語裡的
第二聲，不是英語裡的who。
派對上總是性感、總是陌生、
總是懶。懶到心情比下垂的乳房

還要軟。大麻的香味裡
似有良人的氣息，從黑夜的腳踝處
我聞到了沒藥和蜂蜜。看呀！
窗外的湖面上躍起了一條魚。

季候三章

1）烈日

為了讓雨來得突然，太陽必須堅持。

我騎了十里的頭疼、十里的火眼金睛，

孤身來到郊外方圓十里的孤身裡。

單車拐進芒果林，一下子不見了正午的紅土地。

2）狂風

紅髮被風吹散，她的美純屬偶然。

更偶然的是蜂鳥，在風中、在半空停下不動了。

大朵大朵的花墜地像大有來頭的神仙，

聖誕前，我獨坐風之一隅，看鄰家老幼不得閒。

3）雨季

我醒來時雨也醒著，它想要交談。

愛做夢的時辰過去了，剩下的是凌晨和巴西。

周圍還有很多醒著的聲音在空氣裡

舒展著自己，然後抱在一起，被雨說了出去。

雨季祈願

我想把大把的巧克力塞在雨的手心裡，
讓她狗日的吃胖、吃胖、再吃胖，
吃成個被上帝拋棄的肥婆，再也沒臉
落下人間。然後，就可以看見我的詩
像高原上的浮雲一樣在天空中闖蕩。
我的詩將在浮雲的胸膛映現出
甘蔗林、瀑布、寧靜的海龜卵、
食人花的眼淚和沼澤地裡鱷魚的愛。
我的詩所到之處，清風明月
不用一錢買，所有被映現的事物
都將獲得開懷大笑的漢語的容顏。
我最終會被我的詩帶到
離玉皇大帝最遠的一張吊床上：
在金髮碧眼的弗路里厄諾普利斯島，
或是黝黑健美的福爾塔萊薩海灘。
在那裡，我肝炎痊癒，心事全無，
每日交媾三次：一次和天，一個和地，
一次和高潮迭起的海水，不多不少，
足夠我生產更多的浮雲
並休養我那受盡詛咒的孤零零的生息。

在異鄉（為偉棠而作）

> 烏有鄉如何
> ——廖偉棠

在異鄉，喉嚨開始懷疑舌頭，
舌頭捲著一秒鐘的新鮮，忘了
該怎樣把熟睡的輔音吞嚥。

在異鄉，好天氣追趕著好天氣，
不知道要把腿骨裡陳年的寒戰
追趕到哪邊。要習慣跑在天氣後面。

在異鄉，你說我快樂，我就能
把快樂的全身摸個遍，但手上
沾滿灰煙，指尖觸到魔鬼的臉。

在異鄉，小黑人吐火，
老黑人用鈴鼓敲門，教我
如何在黑夜裡造訪突然老了的白天。

在異鄉，太陽下的影子不似在從前，
它從不與身體相連，它走過荒地，
我看不見它沒有指甲的腳尖。

在異鄉，還是要亂吃辣椒，還是要
躲在辣椒的暴躁的肺裡抽煙，還是要
忍著熱，把過期的噩夢逐一兌現。

在異鄉，在沒什麼人的、緩慢的、
明晃晃的異鄉，我打一個呵欠，
你是否能看見一個泳裝的惡神仙？

但是在異鄉，僅僅是在異鄉，我可以
眨一眨眼，把死在地球儀上的自己
在視網膜上再死一小遍。

一個雷劈下來

一個雷劈下來，牛就不吃草了，
成群的牛鑽進了電纜裡吃肥沃的電，
你就上不了網了，你就只能
在憂傷的夜裡吃電牛肉、喝電牛奶了。

一個雷劈下來，汽車就開始
生孩子了，一輛母汽車生下了一窩小汽車
在馬路上亂跑，但公汽車還趴在它身上
咻咻地搞：滴滴，我親愛的菲亞特，滴滴。

一個雷劈下來，連蚊子都被
震死了，室友魯文居然還能鑽進
暴雨的喉嚨裡接電話。Habla！他來自
西班牙，和他通話的是聾子畫家戈雅。

一個雷劈下來，喝醉了的鄰居看見
他老婆變成了光溜溜的吉他，被
翻窗進來的閃電彈出了火花。
他砸爛了閃電的雞巴，獨自跳桑巴。

一個雷劈下來，洗澡的人就開始
洗別人的澡，睡覺的人就開始睡
別人的覺，那些開通宵派對的人
就開始互相捕殺手錶裡的蜂鳥。

一個雷劈下來，巴西就不是巴西了，
巴西就把巴西賣給雷了。一連串的雷
劈下來了，一連串的巴西都被劈開了。
你在一連串的巴西裡面不見了。

雲

這片雲顯然已經習慣了
偷窺我在這裡的生活。
每天下午三點左右,它準時
出現在我的窗口,每次都
換一副模樣,假裝根本
不認識我。有時它匍匐在高原上
像一隻膽怯的犰狳,遙遠地
注視著從我的午睡裡
緩緩流出的溪水;有時它坐在
對面的樓頂上,摟著另一片
其實也是它的化身的雲接吻,但
我能感到它看不見的手
正伸過來摟抱我電腦裡的憂傷;
有時它乾脆偽裝成一對
令我垂涎的巨乳,略微
有些下垂,有著我喜歡的
少婦的柔軟度,這形狀是
如此具體、如此超越了具體,
以至於我的茶杯裡經常
似有整個大西洋的乳汁
在喜悅地蕩漾。我似乎

也已習慣僅僅與它為伴，懶於

戳穿它的鬼把戲，每天故作新鮮地

看著它嬗變的面孔，暗地裡

識別它潮濕的胸膛裡晴朗的詭計。

有一天，我終於厭倦了

和它默默對視。我攜帶著

一腔雨水沖上天空，變成

一片狀如怨氣的烏雲，從背後

向我窗前的雲撲了過去。

它爬上一顆椰子樹，躺在

下午最強烈的陽光織成的吊床上，

對著我哈哈大笑。是的，它一下子

就認出了我，並用從椰子的密封的愛裡

噴出的彩虹，惡狠狠地灑了我一身。

讓我們這樣談論曾經經歷過的陰影

讓我們這樣談論曾經經歷過的陰影，就好像
一群白牛在巴西高原上吃草，搖著尾巴，
嚼著大片美景。如果嚼到佩德羅陰險的雞巴
或者安娜的老練的乳房，就把它們吐出來，
輕輕地吐出來，用不著狠狠踩上一腳，
必要時可以在上面撒一泡熱氣騰騰的尿。

讓我們這樣談論曾經經歷過的陰影，用
海水的語言說話，掀起三丈三尺的快樂、
三丈三尺的有脾氣和三丈三尺的沒出息，
把寄生在謊言裡的軟體動物一浪接一浪地
砸出來，拋到伯南布歌的沙灘上，讓它們
死在那裡、爛在那裡，讓它們吃自己的屍體。

讓我們這樣談論曾經經歷過的陰影，慢下來，
像蓮子發芽、睡蓮開花一樣慢下來。
讓陰影裡的光屁股若澤有足夠長的時間長大，
有足夠長的時間做好事、犯錯誤，碰上
該碰上和不該碰上的麗塔、卡佳和布魯娜。
我們坐在睡蓮上，讓陰影裡的人們統統偉大。

但是還有這樣一些陰影，它們是如此危險，
以至於我們一旦談論它們就會失去身形，就會
像鸚鵡發出土狼的哀號、像月亮反射出
太陽肚臍裡的惡時光。讓我們堅持像這樣
談論它們，直到陰影撐開我們身上的裂縫，
我們會像風吹向風、像無人進入無人之中。

這個世界上本無壞人——為曹疏影而作

這個世界上本無壞人，我們一寫詩
壞人就出來了。那些壞人從我們筆下逃離，
腳踏滑板，或者開著奇瑞QQ，帶著
充足的、壞透了的糧食，梳著分頭到好人中
去活命。有些壞人甚至混到一張登機牌，
飛過亞歐大陸、飛過大西洋，跑到我這邊來
討口飯吃。壞人們不太好辨認，他們
假裝和我們一樣吃臭豆腐、喝豬肝湯，
其實一轉身他們就只吃「壞」字；他們
抽煙的時候狠狠咬著煙屁股，假裝
和我們一樣把煙都抽進墳墓裡了，其實
他們很怕死，他們把煙都憋在了
煙屁股深處那巨大的、憂鬱的屁眼裡。
來到我周圍的那個壞人居然一直在
模仿我：他也用半生不熟的葡萄牙語
在大學教書，他也常常在傷感的公寓樓上
把往事看了、欄杆拍遍，他也只買
獸交、亂倫、姦屍的毛片，並在孤獨中
挑燈看劍。他甚至還模仿我寫詩：
我在詩中拔掉知了的翅膀，他就寫下
無望的夢想；我的筆尖感到恐慌，

他就在詩中放養了一池亞馬遜的螞蟻。
但從今天起他開始和我作對：當我
用左傾的筆劃寫下打家劫舍的詩句，
他卻在向右的韻腳中建立了一個
保守的國家。在這首詩的末尾，
他乾脆把我踢到了一邊，在我的電腦上
滿懷惡意地寫下：「這個世界上本無壞人，
我們一寫詩，壞人就出來了。」

克萊斯波俱樂部（Clube Cresspom）

克萊斯波俱樂部，本城軍警的療養院，在
帕拉諾阿湖西岸最荒蕪的地段。那裡有
附近最便宜的游泳池，每天下午，我都要
在巴西高原的旱季灼人的陽光中
獨自穿過一片荒野，去那裡游泳。
荒野上的雜草比我高，風吹過來的時候
我必須用手撩開割在臉上的葉片。
一路上都是鳥，認識的、不認識的鳥
被我驚起，嘶叫著，在低空中
看著僭入的我，像是在交涉。
牠們中的大多數很難稱得上漂亮。
雜草的盡頭是陌生的灌木，林中
一樣荒涼，沒有奇花異果，只是樹，
枝，葉，綠色，安靜的樹。樹連著樹，
樹默許著樹的生長，樹們默許著我
從那裡經過。紅土小路上有時候
會有一兩隻變色龍跑來跑去，爬過
我身邊的時候，牠們會禮節性地
回回頭。傳說中這裡有歹徒出沒，
槍口對準錢，陰莖對準不幸的女性。
但我在這條路上走了近一個月，荒野上

只有我一根安詳的陰莖。往往，
抽完第二根本地出產的萬寶路，我就能
走到只見車不見人的大馬路上。
馬路對面，就是高懸著軍警標誌的、
空蕩蕩的克萊斯波俱樂部。游泳池裡
也通常只有我一個人，在陽光下
獨自曬黑。我每天要游四十個來回，
一千米。在自己劃起的水聲中，
我偶爾會數，再游多少個一千米、
多少個來回，我就可以游到我的三十歲。

地圖之南

比利納波利斯

歐洲離它而去，只留下山的名字：
比利牛斯。小街上立著煤氣燈，卵石路
通向鸚鵡。一條河愛了三百年金子，
遊人跳進水中，洗了個渾身夕陽紅。

那橋也夢見了金子，橋身上消瘦的木頭
在夜裡颳出酸疼的風。夜裡，女人們
把好身體帶到橋頭。我去那裡的時候是聖誕，
月亮祝福金合歡樹，和樹下的小旅館。

注：比利納波利斯，Pirinópolis，巴西中部哥亞斯州一小
　　城，城中三百年前居住著西、葡兩國淘金者，因其大多
　　來自西、葡、法交界的比利牛斯山區，故將城外之山亦
　　命名為比利牛斯。後人因而稱此城為比利納波利斯，意
　　為「比利牛斯之都」。

索布拉吉尼奧

車開到山頂，不見了那一大片
懶散的樓群。路的盡頭是慢吞吞的樹，
小戶人家支起了烤肉架，收音機
播放著啤酒和迷人的鄰居。

轉回去的時候開車的人喝多了，方向盤
陷進盤曲的夜裡。烏鴉、蝙蝠和遙遠的中國
一一從車前飛過，我下車探路，
看見滿城的燈火在山下美得蹉跎。

注：索布拉吉尼奧，Sobradinho，巴西利亞北部一衛星城，
　　意為「小樓」，以遍佈各色歐式閣樓而著稱。

桑塔特雷莎

大西洋在逼仄的巷道裡發酵，
令閣樓更軟、山勢更糜爛。有軌電車
載我看時間的勻稱感，街邊走過的人
身體裡都盛滿了海水和昨日之慢。

我欲在此頤養天年，在棕櫚樹下
一個滿牆藤蔓的院子裡躺著抽水煙，
我的詩卻很不穩重，獨自闖進茉莉街角
一間沙啞的酒吧，去把黑夜誘姦。

注：桑塔特雷莎，Santa Tereza，一個由盤山古巷編織成的
　　迷宮，是里約熱內盧最古老、最有波西米亞氣息的街區
　　之一。

聖若熱

石頭聽說了石頭，瀑布洗淨了瀑布，
二十多個瀑布下來，太陽一瀉如注。
犰狳出洞的時候，山大了、水累了，
水裡婀娜著的大好的青春涼透心了。

整個峽谷的熱都轉移到了村子裡邊。
此地吊床林立，大麻香飄三十里遠。
格瓦拉裝束的鮑勃·馬利叫住了我，
邀我同去，點黑姑娘肚皮上的篝火。

注：聖若熱，即São Jorge，巴西哥亞斯州北部一個村莊，
　　地處瀑布密集的夏巴塔自然保護區中，村中遍佈嬉皮，
　　人稱極樂勝地。

哥亞斯韋柳

小城故事多，但都被
毛腳遊客吃進了沒底氣的肚子。
玉米粽子加豆飯利於放屁，噗地一聲，
好風水就上了陽關道。

我在約阿金街的拐角處呆立了三分鐘，
目贈一個肚臍女以歷史感：她扭臀，
葡萄牙擺胯；她一來例假，
17世紀的絕經了的嬤嬤們竟都來了例假。

注：哥亞斯韋柳，Goias Velho，意為「舊哥亞斯」，巴西
　　哥亞斯州西部一古城，殖民時代巴西高原上的交通樞
　　紐，有巴羅克式教堂、王家大道等遺跡若干。

阿爾博阿多爾

我只願意獨自待在詩裡，詩獨自
待在海裡，海獨自待在有風的夜裡。
一夜之後，陽光拖著水光上天，
嘈雜的人群從細小的白沙裡走出來換氣。

換完氣的細小的人群回到嘈雜的白沙裡，
又是一天，地平線把太陽拖進水底。
海從夜裡裸泳了出去，詩從海裡裸泳了出去，
我從一首詩裸泳到了另一首詩裡。

注：阿爾博阿多爾，Arpoador，意為「鯨魚叉」，里約熱內
盧的一個小海灘，夾在著名的伊巴奈瑪海灘和科帕卡帕
納海灘之間的犄角上。

波索阿蘇爾

妹的吊帶吊我心，吊得我
易動、馬虎、年輕、愛一大早出遊。
我光著身子，爬上滑溜溜的石壁
挨瀑布砸。水有大力，我有情。

瀑布下，一潭秋水居然壞到有一半
伸進了岩洞。我扔了塊石頭，
從黑暗深處的北京的吊帶背心裡
飛出來幾百隻鳥和我搶防曬霜。

注：波索阿蘇爾，Poço Azul，意為「藍池」，巴西利亞西
北50公里荒野中一小石潭。

寫給那些在寫詩的道路上消失的朋友

兄弟們，我想念你們。

此刻巴西太陽大如牛，在半空中

頂撞我兇猛的記憶。記憶中的你們

全都年少氣盛，手持九九八十一斤重的

詩歌板斧，在二十世紀末最猥瑣的那幾年裡

見佛劈佛、見妞劫妞，見到字詞肥厚的美

就一斧子剁下來下二鍋頭。在夜裡，

在我們熟睡之後，我們身上的詩歌比我們

還要狠毒。它們踹翻了痰盂、自行車、

爬滿蟑螂的書架、貼有「詩萎不舉，

舉而不堅」之類小廣告的電線杆，打劫了

玉皇大帝的地盤：連星星都要向它們交保護費，

連月亮都被它們按在雜草叢生的十四行裡摸了胸。

我們的詩在閃電上金蘭結義，而我們的人

卻就此散落人間，不通音息：有的為官安穩，

有的從商奸猾，有的在為傳媒業乾燥的下體

苦苦地潤滑，有的則手持廣告的鋼鞭將財富抽插。

兄弟們，不管在哪裡你們都是

最幸運的人，因為在天上，我們曾經寫下的

那些胸毛橫生的詩句仍在像護院鏢師一樣

鎮守著你們的元氣。你們終將

在最快樂的一瞬間重返詩歌的樂土：在那裡
金錢是王八蛋，美女是王八蛋，詩歌則是
最大的王八蛋，但它孕育著塵世的全部璀璨。

月亮

月亮裡的大部分配件我都已經
非常熟悉了。我經常一個人在陽臺上
把大半個月亮拆卸下來，組裝成
一個機器貓，讓它幫我備課、寫專欄。
多雲的晚上，我還喜歡把月亮
改裝成山地車，騎上它在烏雲的陡坡上
鍛煉身體。有時候我也會剝下
月亮的皮，安上個氣嘴，把它
加工成充氣娃娃，然後苦練肺活量，給它
吹足了氣，開始琢磨：是先姦後殺
還是先殺後姦？但始終有一丁點月亮
我無從把握。我戴眼鏡的時候，它藏在
我左眼的鏡片裡，像凝結了的煙霧，
讓一切快樂的事物顯得模糊。我換上
隱形眼鏡，它又變成右眼鏡片上的
小小的褶皺，硌得我的眼睛生疼。
我決定什麼都不戴，躺在床頭
緊緊閉上雙眼，它卻從兩隻眼睛裡同時
爬了出來，像毛毛蟲爬過我的臉，最後
在我的枕頭上尿出一片十五的月圓。

穿堂風

穿堂風讓我明快，讓我
不會為那些不曾出現的事物
感到恍惚。從一個龐大的國家
到另一個龐大的國家，生活
依舊渺小，如同窗外五十米的蟲鳴
被夜歸的汽車帶回他人的家。
那歸家的老實人耳朵裡裝著這
聽不見的蟲鳴，洗澡、做愛，
枕在妻子皮膚上聽不見的蟲鳴裡睡去，
而我，也將在蟲鳴中分享所有
蟲子們的劫數裡聽不見的人。
穿堂風吹開我身體裡
那些渺小而鮮活的門窗，
令我快慰於那些遙遠的樹葉的拂動：
那是我年邁時種下的一棵樹，
它的名字可能叫柳樹，也可能
叫近似無限透明的30歲的巴西夢鄉。

日曆之力

保羅・達吉尼奧是個和我同齡的傻子。
每次我去樓下的售報亭買煙的時候，
他都坐在店門口，歪著腦袋，口水裡
流淌著早上八、九點的開心詞語。
五十多歲的店主弗朗西絲卡一年四季
都穿著比基尼，在遞給我煙的時候，
她總是要關切地瞟一眼保羅的襠部
那勇敢而憂傷的勃起：她在那裡看見了
黝黑光滑的自己，光滑得像
丈夫與情人們疾速穿梭的溜冰場。
溜冰場深處，在菠蘿蜜和芒果之間，總有
太陽下的保羅，他坐在輪椅裡，享受著
癱軟的世界裡孤獨無望的直立。

保羅・達吉尼奧熱愛太陽。
每天中午，他都會把輪椅搖到
沒有樹蔭的小區花園裡去。我住在
離花園最近一幢樓的三樓上，聽著小區裡的
鳥叫和蟬鳴，還有懶洋洋的風裡面
對面樓房的混血女人小便的聲音。
每天總有那麼一瞬間，所有的聲音

都停止了，被陽光塞得滿滿當當的空氣裡，
滿滿當當地都是腫脹的安靜。這時
我總會聽到保羅‧達吉尼奧在喊叫，
那些沒有意義的強悍的音節
踢開輪椅在半空中像豹子一樣衝撞。每當我
聽見這盲目的喊叫撞到我視窗的時候，
我都能看見我牆上的日曆攥緊了拳頭。

要是你還沒有走

要是你還沒走，我昨天晚上就會睡得
像遍佈白蟻窩的巴西高原一樣平坦，早上，
從你夢中墜落的木瓜就會把我砸醒，我就會
起床燒火、做飯，把綠了八萬里的茶葉
泡成一壺本地的藍天，喝完茶，我們就會
和大屁股的太陽爭搶馬桶，聽鳥叫、看《僑報》。

要是你還沒有走，白天我就用不著穿過
旱季裡的烏有之鄉，去曠野上漂移的辦公室
上乾枯的網，我就用不著對著胃疼的電腦
一根接一根地抽煙，目送你在時差的最深處
一點一點地消失。如此，我就用不著以大洲為單位，
計算這挨千刀的平安、挨千刀的慢。

要是你還沒有走，烤肉是你的、巧克力是你的、
提拉米蘇味道的哈根達斯也是你的，下午三點的胖
是你的也是我的，我偷走了你的胖，但
那些晴朗的好胃口都還是你的。電影院裡那些
你聽不懂的葡萄牙語也都是你的，我把它們
翻譯成爆米花，餵你吃下了所有陌生的對話。

要是你還沒有走，我們可以在散步時路遇
離地三尺的紅月亮，它把我們當成了自己人
送我們一把酥滑的光。回到家裡，我們可以
把這些光抹遍全身，連細小的汗水裡都有
盛大的月亮。而後，你可以扭身睡成一團雲，
我則像平坦的巴西高原一樣在雲層下眩暈。

親愛的壁虎

嗨！親愛的壁虎，

一天不見，你怎麼還是

一臉的愁苦。明天我就要

搬走了，扭扭你的尾巴，

給我點祝福。我一直想告訴你，

你才是這屋子的主人，我不過是

賴在這裡的外來戶。我賴了

整整一年，再去其他小屋子賴一賴，

就可以回我的故土。唉！

我親愛的壁虎，我多羨慕你啊，

不用教蟑螂弟弟們說壁虎語，也不用

躲避物業和房租，南美飛蚊鮮美肥潤，

你足不出戶就可以吃飽喝足。

在這個被汽車統治的城市裡，我至今

還不想學開車，只想學你

吸牆而行的功夫：貼著彩虹的內壁

爬到天上找回我的幸福。哦，

親愛的壁虎，不要這麼一動不動地

看我收拾衣物，你哭什麼？難道

你也想起了她曾經和我在這裡居住？

這個馬虎的丫頭啊，到今天

我才發現她落下的東西
不計其數：除了一堆化妝品，還有
襪子、胸衣、髮卡、耳機
和一管對付念珠菌的「蘭美抒」。
嘿！跟我一樣倒楣的壁虎，
你的壁虎妹妹在哪裡？為什麼總是
只有你出沒在這該死的小黑屋？
莫非你的壁虎妹妹去了中國
含辛茹苦地在中國壁虎大學裡
教爬牆術？咱倆相依為命了這麼久，
我還真捨不得從這裡搬出。
來吧，我親愛的壁虎，爬上
這張快被我揉爛了的地圖，
把你的三角腦袋擺成一個箭頭
指向我那八萬里之外的故土，
然後，扭扭你那憂傷的小尾巴，
給我一個偉大的祝福。

安娜·保拉大媽也寫詩

安娜·保拉大媽也寫詩。

她叼著玉米殼捲的土煙，把厚厚的一本詩集

砸給我，說：「看看老娘我寫的詩。」

這是真的，我學生若澤的母親、

胸前兩團巴西、臀後一片南美、滿肚子的啤酒

像大西洋一樣洶湧的安娜·保拉大媽也寫詩。

第一次見面那天，她像老鷹捉小雞一樣

把我拎起來的時候，我不知道她寫詩。

她滿口「雞巴」向我致意、張開棕櫚大手

揉我的臉、伸出大麻舌頭舔我驚慌的耳朵的時候，

我不知道她寫詩。所有的人，包括

她的兒子若澤和兒媳吉賽莉，都說她是

老花癡，沒有人告訴我她寫詩。若澤說：

「放下我的老師吧，我親愛的老花癡。」

她就摺下了我，繼續口吐「雞巴」，去拎

另外的小雞。我看著她酒後依然魁梧得

能把一頭雄牛撞死的背影，怎麼都不會想到

她也寫詩。就是在今天、在安娜·保拉大媽

格外安靜的今天，我也想不到她寫詩。

我跟著若澤走進家門、側目瞥見

她四仰八叉躺在泳池旁邊抽煙的時候，想不到

她寫詩；我在客廳裡撞見一個梳著

鮑勃·馬力辮子的肌肉男、吉賽莉告訴我那是她婆婆

昨晚的男朋友的時候，我更是打死都沒想到

每天都有肌肉男的安娜·保拉大媽也寫詩。

千真萬確，安娜·保拉大媽也寫詩。憑什麼

打嗝、放屁的安娜·保拉大媽不可以寫

不打嗝、不放屁的女詩人的詩？我一頁一頁地翻著

安娜·保拉大媽的詩集。沒錯，安娜·保拉大媽

的確寫詩。但她不寫肥胖的詩、酒精的詩、

大麻的詩、雞巴的詩和肌肉男的肌肉之詩。

在一首名為〈詩歌中的三秒鐘的寂靜〉的詩裡，

她寫道：「在一首詩中給我三秒鐘的寂靜，

我就能在其中寫出滿天的烏雲。」

門

我住的變態公寓

有大大小小十六扇門。

這些門重複、對峙、毫無邏輯，

這些門每天都在努力地

把自己表達成一扇獨一無二的門。

譬如，飯廳一號門和飯廳二號門

相距僅有十釐米，但穿堂風吹過的時候

飯廳一號門堅持哐啷作響而飯廳二號門

則總是吱吱呀呀。同樣的區別也存在於

廚房一、二、三號門之間，

它們分別為乳酪、辣椒、洋蔥的氣味

提供通道，因為我厭惡乳酪，所以我從來

不從一號門走進廚房。一號廁所的

一號門和二號門之間存在著

不可調和的矛盾。我若大便，須從一號門進、

二號門出，否則永遠也關不好其中的任何一扇門，

一任馬桶裡的大蒜氣味瀰漫整個公寓。

有時候我被它們搞懵了，索性

去二號廁所大便，但二號廁所的側門

有個小小的麻煩，它同時也是

室友卡洛斯臥室的二號門，

卡洛斯出來刷牙的時候，我必須蹲在馬桶上
跟他說早上好。這些獨一無二的門之間
經常也會開一些惡意的玩笑：
我臥室的那扇獨居之門心情好起來的時候
會刻意模仿隔壁的室友保羅臥室的
那扇享樂之門，以至於一天凌晨
保羅的某個巨乳女友去完了三號廁所之後
回錯了房間。這些天是聖誕假期，
我的室友們都回老家過節去了，我一個人
在公寓裡照料著這十六扇性格古怪的門。
今天下午，暴雨來臨之時，
我把所有這些門統統打開又合上了一遍，
對它們念叨：四四一十六，
還有十六天，我就可以打開
我在中國的那扇小小的門。

第六輯

風之乳

1994-2003

在臧棣的課上

新近離婚的進修教師來此尋找
能夠把一腔憤懣合理改造的高超技巧；
渴望愛情的女編輯不顧清晨騎車摔倒在地，
一瘸一拐地趕來注射一劑自白的勇氣。

他們在臧棣的課上不期而遇，他們
正襟危坐、拿出紙筆，像兩個毫無關係的標點
錯印在漢譯本葉芝的《在學童中間》。
而貝里曼的《教授之歌》則被兢兢業業的臧棣

低沉地唱起：為了備課他凌晨三點起床，
為這間局促的教室移來了北京上空盛大而惺忪的星光；
星光下嗜書如命的蟑螂再次爬到一起，
墨香四溢的紙張就變成了人頭攢動的

詩歌課堂：它像一瓶產於靈薄獄的碳酸飲料，
高壓密封著求知的欲望、小資產階級的甜蜜和憂傷，
而臧棣的聲音裡有一把精於分析的開瓶器，
不甘寂寞的靈魂小泡沫在等待寫作過程的開啟。

我未能去聽臧棣的課，但卻把我的女友
像一台答錄機一樣安放在托腮眨眼的人群背後。
當我在宿舍裡按動她那哈欠連天的鍵鈕，
聽到的卻是幾個鄰座的男生對她居心不良的問候。

為一個河南民工而作的懺悔書

那個河南民工是在一個無所事事的下午
闖入了我在稿紙上悠閒的漫步：如何才能
在一段荊棘叢生的英文裡踩出一條
舒適的漢語小路，這幾乎快讓我花去了
半包「白沙」煙的功夫。「請問胡續冬大哥
在嗎？」就要被牛津字典裡的鵝毛大雪
覆蓋的耳朵，突然聽到了這個奇怪的稱呼：
不同於人們通常使用的「小胡」，大哥一詞
是否意味著一場不明原委的鬥毆之前
矯飾的禮數？「你有什麼事？」在
警覺的發問中一個比我還要瘦小的男人
走近了我的書櫥：囁嚅的嘴唇，
沾滿泥灰的頭髮快要遮往他因激動
而暫停轉動的眼珠。「我從臨汾來，
想找他談一談詩歌。」哦，臨汾，
每次火車經過時揚起的一片茫茫黃土。
該怎麼辦？這將會是另一種
具有誤會性質的鬥毆：一個江湖義士
將把一條用於在書籍中行走的腿
死死絆住，並堅信這就是兩個靈魂
以詩歌的名義進行的克江會晤。

「他出去了，你過一會兒再來找吧。」
像一個難民，我開始盤算起這個下午
可能的藏身之處：女友的宿舍，或者
樓下用來上自習的那間塗滿黃色謎語的
漆黑小屋。「不行啊，我來這兒
走了老遠的路，六點鐘還要趕回去
上工：我在木樨地的工地上搞建築。」
他站在那裡，喉嚨裡像是有一根被寒潮
驟然凍結的水龍頭，用殘餘的水滴聲
向我傾訴，抱怨找胡續冬這個人
比他這些年的寫作環境還要艱苦：
他已經來過兩次，自從另一個工地上
的詩歌兄弟給了他一幅迷宮一樣的
地形圖。「就是這封信上寫的」
他從口袋裡掏袋出一張皺得像手紙一樣的
鬼畫符，「你可以去找北大的胡續冬，他和我
談得很對路」。底下署名為：番薯。
我的確見過番薯，在沿街叫賣的
炭爐上，而且的確吃得很對路。
「這樣吧，你去找他的這些詩友，他們
可能對你會有更多的幫助。」我飛快地

寫下一串杜撰的人名和房間號，彷彿
博爾赫斯在我身上依附。在這之後的
許多天裡，他捏著一卷詩稿的矮小身影
一直在我腦中漂浮：冬天的校園寒風刺骨
他走在複雜的樓群之間像走進一片
從我的書桌漫延開去的絕望的迷霧──
一個河南民工的身影像PH試紙一樣
顯現出我酸性的狡詐和冷酷，使我
在寫下這一切之後仍然感到
對樸實的人民犯下了不可饒恕的錯誤。

在北大

我受了欺騙，而我應是謊言。

——博爾赫斯

按照我那晦暗的手相，我已活過了
一半的生命。那些廢棄的歲月環繞著這所
無所事事的大學，像頹圮的城牆
守護著一個人從少年到青年的全部失敗。
將近十年的時間，從玩世不恭的長髮酒徒
到博士生入學考場上誠惶誠恐的學術良民，
這所大學像台盲目的砂輪，把一段
疑竇叢生的虛構傳記磨得光可鑒人。
在這大理石一般堅硬光滑的命運上
我已看到此刻的自己投下的陰影：四月裡
一個柳絮翻飛的豔陽天，在宿舍樓前
一塊鬱悶的石板上，陽光艱難地進入了
我的身體，將它包圍的是孤獨、貧瘠、
一顆將要硬化的肝臟和肝臟深處軟弱的追悔。

太太留客

昨天幫張家屋打了穀子，張五娃兒
硬是要請我們上街去看啥子
《泰坦尼克》。起先我聽成是
《太太留客》，以為是個三級片
和那年子我在深圳看的那個
《本能》差球不多。酒都沒喝完
我們就趕到河對門，看到鎮上
我上個月補過的那幾雙破鞋
都嗑著瓜子往電影院走，心頭
愈見歡喜。電影票死貴
張五娃兒邊掏錢邊朝我們喊：
「看得過細點，演的屙屎打屁
都要緊著盯，莫浪費錢。」
我們坐在兩個學生妹崽後頭
聽她們說這是外國得了啥子
「茅司卡」獎的大片，好看得很。
我心頭說你們這些小姑娘
哪懂得起太太留客這些齷齪事情，
那幾雙破鞋怕還差不多。電影開始，
人人馬馬，東拉西扯，整了很半天
我這才曉得原來這個片子叫「泰坦尼克」，

是個大輪船的外號。那些洋人
就是說起中國話我也搞不清他們
到底在擺啥子龍門陣，一時
這個在船頭吼，一時那個要跳河，
看得我眼睛都烏了，總算捱到
精彩的地方了：那個吐口水的小白臉
和那個胖女娃兒好像扯不清了。
結果這麼大個輪船，這兩個人
硬要縮到一個吉普車上去弄，自己
弄得不舒服不說，車子擋得我們
啥子都沒看到，連個奶奶
都沒得！哎呀沒得意思，活該
這個船要沉。電影散場了
我們打著哈欠出來，笑那個
哈包娃兒救個姘頭還丟條命，還沒得
張五娃兒得行，有一年涪江發水
他救了個粉子，拍成電影肯定好看
——那個粉子從水頭出來是光的！
昨晚上後半夜的事情我實在
說不出口：打了幾盤麻將過後
我回到自己屋頭，一開開燈

把老子氣慘了──我那個死婆娘
和隔壁王大漢在席子上蜷成了一砣！

編按：「泰坦尼克」，電影名，台議「鐵達尼號」。

水邊書

這股水的源頭不得而知，如同
它沁入我脾臟之後的去向。
那幾隻山間尤物的飛行路線
篡改了美的等高線：我深知
這種長有蝴蝶翅膀的蜻蜓
會怎樣曼妙地撩撥空氣的喉結
令峽谷喊出緊張的冷，即使
水已經被記憶的水泵
從岩縫抽到逼仄的淚腺；
我深知在水中養傷的一隻波光之雁
會怎樣驚起，留下一大片
粼粼的痛。

　　　　　　　　　　　所以我
乾脆一頭扎進水中，笨拙地
游著全部的凜冽。先是
像水蠆一樣在卵石間黑暗著、
卑微著，接著有魚把氣泡
吐到你寄存在我肌膚中的
一個晨光明媚的呵欠裡：我開始
有了一個遠方的鰾。這樣
你一傷心它就會收縮，使我

不得不翻起羞澀的白肚。

　　　　　　　　但

更多的時候它只會像一朵睡蓮

在我的肋骨之間隨波擺動，或者

像一盞燃在水中的孔明燈

指引我冉冉的輕。當我輕得

足以浮出水面的時候，

我發現那些蜻蜓已變成了

狀如睡眠的幾片雲，而我

則是它們躺在水面上發出的

冰涼的鼾聲：幾乎聽不見。

　　　　　　　　你呢？

你掛在我睫毛上了嗎？你的「不」字

還能委身於一串鳥鳴撒到這

滿山的傍晚嗎？風從水上

吹出了一隻夕陽，它像紅狐一樣

閃到了樹林中。此時我才看見：

上游的瀑布流得皎潔明亮，

像你從我體內奪目而出

　　　　　　　　的模樣。

午睡

午睡剔光了他們的骨頭,把他們
掛在鬧鐘內部的衣帽鉤上,晾著。
時間有一股椒鹽味,越來越濃。

樓道的安靜裡,民工猝然而至。
電鑽機、河南話,翻開了牆壁的花花腸子。
「孬孫,往裡塞,再往裡塞。」電纜線
緊張得縮成了一根兒童下垂的
小雞雞。電話公司的訂單在空中
翻身、撓癢:整整一個夏天的電話號碼

在他們耳邊嗡嗡地飛,還咬人。
他們的睡眠器官圖騰般懸在
床板與床板之間、床板與下午的虛空
之間。一小截口水吃力地落到蘆花枕頭上。

「往裡……往裡……」裡面總算有一個人
被自己夢中的二手車撞死了。他
疊了三遍被子,瘟雞般呆立在屋裡

看其他人和電鑽機的聲音相撞。

保羅和佛朗切斯卡

他們手心有汗，汗中有
還未凝結成鹽粒的鬼。
他們拉手的動作由鬼來完成。
三兩朵羞澀磷火飄過
他們正午的心肝兒，被他
一把抓住，丟進她
左眼皮底下烏溜溜的痛。
她痛，因為右眼珠裡的沙子、
板兒磚和自行車鏈條
全是她的二流子老公！

我拿一個中午的加班費
押在下面的場景上：四月的殘忍
在公司門口的路面上兀自形成
小小一股旋風，像小人物的
靈魂出竅。榆錢在風中、
在他們腳後跟的癡情之間
團團轉。她從沙沙聲中
聽出了癢，被什麼東西
統治著的癢。而他的臉上
則掠過塑膠袋大小

的慌張，白生生地
落到我的窺視裡。

附件炎

她的滑鼠奔跑著鼠疫，
她的窗口彈開著創口，
她的狠心瘙癢著她的電郵，
使她發的附件都害上了附件炎。

附件炎！那尖銳的痛
是他倉促的器官在春遊，
是她的桃花染紅了他的謊言，
是他們的造化毀於山色有無間！

記憶的網路在不停地黑，
黑掉了她的嬌小和她的鮮。
她白眼微翻，繼續在鍵盤上
打落她滿滿一臉的怨：

「結婚……再見……去死吧！」
她的嘴角抽起一道閃電，
她的額頭皺出一團濃煙：
是什麼在驅動仇恨的記憶體，難道

僅僅是雙腿之間冰涼的電源？
「不，是整個世界的不要臉！」
她猛然鎮定，一個回車
轉移了又一段悶熱的陰天。

月壇北街觀雪

雪下得不算大，但足以覆蓋
我們精益求精的抬槓。你臉上的
公務員陰雲迅速消退，浮現出
小學時代的純樸鄉村。我也一樣，
像好鬥的雞公突然被扔到一個
遍地食欲的打穀場。滿滿一嗦饢的
幸福時光！我們手拉手

　　　　　　　出門去看雪。

附近的小公園此時看上去
還算清秀，白生生地
空著。平時這裡散佈著
神情怪異的男人，他們交換著
切口和愛，交換著使小樹林
陰森起來的肉體。我們曾在一個下雨天
闖進過這裡，他們之中最親熱的兩個
仇恨地看著我們：我們是他們的
仇恨。

　　　　　　但現在是下雪天，
同情的雪遮蔽了他們的器官
只剩下寂靜的冷，和我們寂靜的
再次闖入。你貓著腰

在乾枯的迎春藤之間穿行，你的頭髮

碰掉的冬青漿果落在雪裡

就像我落在你不經意的言辭裡。

我追趕著你。追到的

卻是牆根下

　　　　　　一隻肥胖的灰喜鵲。

你第一次清晰地看到

灰喜鵲的腳印：那麼大，

像黑板上忘光了的一堆

數學運算符號。也有小一點的，

像我們在中學課堂上傳紙條時

寫的暗號：那是麻雀的腳印。

你驕傲地用植物的語言

宣佈你的新發現：不同於

灰喜鵲的互生腳印，麻雀的腳印

是對生的。

　　　　　　「那是因為牠們用雙腳

一齊蹦。」說完你也開始蹦，

從我們早戀的樹枝上，蹦回

我們的中年門檻。這門檻

現在是小公園裡的一張

積滿落雪的椅子。我們一同
坐了上去，而後站起來，像
海豚一樣地扭身。

        「哈哈，
你的屁股印沒有我坐的圓！」
你笑著。我看見你的眼睛裡
有一口井，而我的眼睛正在
這口井的井底，悠著，井口上是
飄飛的雪花

        沒有封凍。

冰火九重天

1

1548年的浴盆裡，一隻
紅嘴鷗正用歡喜之喙
梳理牠羽毛上的江南。

「洗浴、洗浴，
放下煙花、放下三月、放下揚州
做我翅膀下的絕句。」

2

脫下投資只穿著風險，
脫下商務只留下電子。
他們脫啊脫，脫成

風險的猴子、電子的猴子以及
更多的猴子。他們直起尾巴上的花果山
「但我們的水簾洞在哪裡？」

3

也有尾巴不翹的：笑笑生
和薩德。他們來得早，耷拉著
狼毫和鵝毛，悠閒地討論

哪一個更軟。他們已蘸足
包房裡的黑暗，開始敘事：
「此地名為『浪淘沙』……」

4

洗浴之浪淘盡了她身上的千古。
她來自巴特儂，先後被拐賣到
奠邊府和河南。最後她選擇

牡丹江作為出生地，有人在榴槤上
留言：「渺姑射之山，住著一個
賊漂亮賊漂亮的老娘們兒。」

5

「伸出你的蛇信子，伸出
你的食人花，伸出你
粉頸中嗚咽的尺八……」

哦，迷你裙、吊帶襪，
輟學三年的O娘踢掉了紅舞鞋
低頭吻向按摩床上的青蛙。

6

洞簫、羌笛，羌笛、洞簫
他帶來的樂器少得可憐。
她們吹出了反覆、吹出了清明，

吹出了1652年的反清復明。
驚蟄時他被抄家、滅門，在黃泉
看見她們的大嘴吹回了櫻唇。

7

孤燈昏黃。但她的虎牙卻噙著
近似無限透明的藍。它急於融化、
急於沖垮她深喉裡的

博斯普魯斯海峽。他們都藏在
一艘黃色潛水艇裡，等著
在她的大陸架深處巡遊、作戰。

8

火山石裡的龐培繼續劈啪。
尼祿再次聞到蒸汽母親身上
刺鼻的亂。她已習慣按鐘點

將紅旗火化：一杯礦泉水、
一杯熱茶，任它槍桿子裡的情話
四處游擊，只顧舌生火花。

9

吹吧，吹吧。僅僅一夜
吹熟了少年遊、吹綠了
金陵夢。她們舌苔上的春風

把他們變成紙幣、變成紙鷂子，
吹向天堂的夜壺。「他們醒來
會不會和麻雀一起，在雲端洗漱？」

注：「冰火九重天」為大陸色情桑拿（即臺灣所說的三溫
　　暖）裡的一項服務，性工作者嘴裡先後含著九種不同的
　　液體為買春者做口愛。

風之乳
──為姜濤而作

起床後，三個人先後走到
宿舍樓之間的風口。
個子高的心病初癒，臉上
還留有一兩隻水母大小的
愁，左右漂浮。短頭髮的
剛剛在夢中丟下斧頭，
被他剁碎的輔音
在烏鴉肚子裡繼續聒噪。
黑臉胖子幾乎是
滾過來的，口臭的陀螺
在半空中轉啊，轉。

不一會兒，風就來了。
單腿蹦著，腳尖在樹梢
踩下重重的一顛。只有
他們三個知道風受了傷：
可以趁機啜飲
　　　　　風之乳。

他們吹了聲口哨截住了
風。短頭髮的一個噴嚏

抖落風身上的沙塵，個子高的
立刻出手，狠狠地揪住
風最柔軟的部分，狠狠地
擠。胖子從耳朵裡掏出
一個塑膠袋，接得
出奇地滿，像煩躁的氣球。

他們喝光了風乳裡面的
大海、銅、母音和閃光的
電子郵件。直到散夥
他們誰也沒問對方
是誰，是怎樣得知
風在昨晚的傷勢。

成人玩具店

她是他的矽膠孔，他是她的
蘭色振動器。拆遷、半價，
白天的喇叭包圍他們，女店員
表情生動，講解顧客心中的鬼。

他們被關在櫥窗裡。面對
骯髒的玻璃，男女顧客分揀
目光的軟硬。他們則安靜地
注視著對方原料裡的安靜。

長夜漫漫。偶爾會有一兩個
堅定的鬼留下來，在黑暗中
挑撥他們不插電的羞。即便
如此，也不妨礙他們用渴望

接通電源，穿過脆弱的玻璃，
在一起劇烈振動。她是他
揪心的緊，他是她不顧一切的
快。他們是局部，是局部的愛。

夏天令他們有了溫度和永遠：
他們在商店倒閉之前火熱地
隱身。女店員草草記下一筆：
「女A、男B兩款樣品遺失。」

藏藥

閏四月，家父自拉薩八廓街
購得藏藥一味，家母星夜
將之搗碎，輾轉託人捎至
混亂的京畿。仲夏，國人
叫囂盛事，商人奔走於小痛小癢，
我每日從竹筒中拈取一二片
這不知名的草藥，投諸杯中。
其味甚苦。輔以紅棗數粒，
亦不得爽口。我嚥下這
匿名的境界派來的匿名元氣，
上班，下班，說廢話，見好人。
此藥墜於皮肉深處，靜若沉鐘。
夜半時分，似有黑衣小兒翩然而至，
在我蕭條的肝臟裡，敲響生活之苦。

鏡中

先輩嘗言：我家祖上
世代赤貧，在嘉陵江邊
種稻、養豬、吃辣椒。
偶有絕學，不過是
裁衣服、割牛卵子，換得
魚肉若干，令小兒憨胖。
有清一代曾出進士一名，
一眼大一眼小，殿試時
遭乾隆嫌棄，於返鄉途中
鬱悶而死。我時常
對鏡呆坐，看黑眼鏡歪戴於
一耳高一耳低之上，擔心
自己在詩中作惡，終將
被光明的某物嫌棄致死。

回憶與爛人共飲

那時你已經爛掉了三分之一。
你舉杯，我隱約覺得有異物
自你肚臍上躥，如鷹隼
在腹中發飆，撲食蛇形的、
在我們陰暗的喉嚨裡扭動的酒液。

那時眾星在天上呆坐，我罵人，
你也罵人，罵到伸手不見五指，
我才發現你罵的人是我罵的人的
影子、傢俱和去年的腳氣。
你把我罵的人養在了你的杯子裡。

那時我們還有足夠的壞脾氣，
掄著粗大的酒瓶把月亮日個半死。
但從你身上爛掉的部分長出了
一個娘娘腔的攝影師，他還要
拍一個死掉的月亮，讓我們再日。

那時的月亮其實早就逃走了，帶著
模糊的、腐爛的、回憶錄的晦氣。
你肚臍裡的異物現在看起來更像申公豹，

他脖子扭到這首詩背後，對著
我當年的義氣，吐了一口唾沫。

春日

最喜春天的傍晚不出汗時。
飯是吃飽了的，衣服乾淨，
洗過的身子裡有留聲機放著
肥大的調調。哎呀，有風。

何須被論文寫瘦、寫病，此時散步
倒也無甚鳥事以至開心。逢人問候，
即在額間笑出核桃一枚，看人家
換老婆的換老婆，如花的如花。

想錢劑

他們用大蒜、豬油、廢電池和眼屎
配製出今年流行的想錢劑。
他們只給他打了一針，他就開始
從骨子裡想錢，想得骨頭喀嚓作響。

他們的計畫是這樣的：先讓他開公司，
掙大把大把的錢，然後，把錢
吃進去，不停地吃，直到在他肚子下面
脹出一個錢的生殖器，頂掉他原來的。

這樣，他們就可以找一大堆
女性的、陰性的、雌性的錢或者錢狀生物
和他交配。生下來的錢五五分成，
一半歸他，一半堆在他們村裡的墳頭上。

事情進展得很順利。錢甚至不是吃進去，
而是從銀行、從其他人的屁眼飛到
他肚子裡去的，像大群的飛鼠在空中
遷徙。他們在他的公司裡放了一個

搪瓷腳盆，一些人用紅藥水給他洗腳，
另一些人解開了他的皮帶。不幸的是，
他褲子裡的那砣錢怎麼也硬不起來。
他們越搓他的腳板心，那砣錢

就越往裡縮，最後，幾乎快要縮成
一根鼠鞭。「問題出在配方上。」
他們之中唯一上過小學的那個發現了原因：
「眼屎被掉包了，換成了老鼠的耳屎。」

川菜館

在雪地裡把疼摔完了，
他們又去吃水煮魚。
二鍋頭拌呼哧呼哧的嘴邊風
往肚子裡送某人的生日。

還有辣子雞，小肉塊堆起來，
沒鹽味地呆立於滿盤的
黑紅黑紅之上。我抗議！

這是對川菜的妖魔化。
這是辣椒的豐富的辣的靈魂的反面。
這是花椒的文革，打倒了麻。
這是狗日的胃在北方瞎晃蕩。

從他們沒夾住掉在地上的
一隻魚眼睛看過來，我幾乎
沒動筷子，筷子自己在吃。

那背井離鄉的筷子甩開兩條
沒長汗毛的細腿，在肉裡

奔跑。它累呀！煩呀！不舒服呀！
我樂得看窗外的交通憋壞了老幹部。

他們也叫我喝。我反令他們
關注老闆的髒兒子，三歲的聲音
叱吒於一屋子的壞人中。

題翟永明的照片一幀

她去了塞維利亞，
她去了科爾多巴，
她最愛格拉納達，小窗戶
正對下午五點的阿爾罕布拉。

她的美征服了西班牙，
征服了酒館的酒、彈吉他的他，
連地下的洛爾卡也為她
開出了一大叢異性戀的花！

「她落落大方，從不驚訝
但也從不多講話。」
拍照片的趙老師說她
美人的身體裡有英雄的骨架。

但我知道這張照片的背面，
有看不見的恐懼在揮發，
有一個懷鄉症的夜晚，雷電交加，
失眠的她在撥打上帝的電話。

新年

我懷念那些戴袖套的人，

深藍色或者藏青色的袖套上，沾滿了

鴕鳥牌藍黑墨水、粉筆灰、縫紉機油和富強粉；

我懷念那些穿軍裝不戴帽徽和領章的人，

他們在院子裡修飛鴿自行車、擺弄裎亮的

剃頭推子、做煤球、鋪牛毛氈，偶爾會給身後

歪繫紅領巾的兒子一計響亮的耳光，但很快

就會給他買一支兩分錢的、加了有色香精的冰棒；

我懷念那些在家裡自己發豆芽的人，

不管紗布裡包的是黃豆還是綠豆，一旦嫩芽

頂開了壓在上面的磚塊，生鐵鍋裡

菜籽油就會興奮地發出花環隊的歡呼；

我懷念那些用老陳醋洗頭的人，

在有麻雀築巢的屋簷下，在兩盆

鳳仙花或者繡球花之間，散發著醋香的

熱乎乎的頭髮的氣息可以讓雨聲消失；

我懷念那些用鋸末薰臘肉的人，用鉤針

織白色長圍巾的人，用糧票換雞蛋的人，用鐵夾子

夾住小票然後「啪」地一聲讓它沿著鐵絲滑到收款

台去的人；

我懷念蠟梗火柴、雙圈牌打字蠟紙、

清涼油、算盤、蚊香、瀏陽鞭炮、假領、
紅茶菌、「軍屬光榮」的門牌、收音機裡
「我們的生活充滿陽光」的甜美歌聲……
現在是2003年了。我懷念我的父母。
他們已經老了。我也已不算年輕。

九馬畫山

大包整多兩籠大包整多兩籠唔怕滯
————麥兜

不是因為走動，而是因為它們在那裡，
我才在這條鄉間小路上唱起那些
為此地而跑調的歌。
它們開花、它們溜滑、它們有倒影。
又是一個村莊，又是烏雲下端著斗碗
在門口吃臘肉的人（啊，碗裡的
雷公電母、碗裡的毛主席萬歲！）
我以小腿上的快意和他們交換方向感和微笑。
又是一群廣東青年，全身的防水服嚴實得像
愛遠行的避孕套。他們把拍攝的迫切性
迎面交給我，而後揚長而去。他們的戶外屁股
將隨山水的婉轉而顛簸，如同
在楊堤、浪石一帶走空了兩頓飯的我。
此時我是平穩的，平穩得可以
哼哼著蹲在沒有遮掩的茅廁裡大便並觀察
裡裡外外的農業。一個人走在前面
就是好！我一學雞叫，
全村的雞就都叫；我一學羊叫，

就會有公羊挺身出來捍衛母羊。

我且在毛竹下、在柚子樹上的大柚子散發出的

比柚子還大的柚子味中，等我的同伴。

其中有我的妻子，她正由腰疼攙扶，

在泥濘中詛咒我；還有一個三歲的孩子，

他正對路上的牛糞著迷，並把經過的所有山峰

都命名為牛糞。我這沒良心的、

貪戀風景的骨子裡誘人的速度的人

該歇一歇了。

對面，隔著灕江望過去，就是九馬畫山。

戰爭

電視裡，我看見一個伊拉克小孩
頭部被炸傷，在醫院裡
號啕大哭。白紗布底下，是
焦黃的小圓臉，塌鼻子，大眼睛。
我和妻子幾乎同時發現
他和幼時的我十分相像。
在攝於1979年的一張照片上，
同樣有著塌鼻子和大眼睛的我
在為重慶郊外一隻桀驁不馴的蟋蟀
而哭泣，焦黃的小圓臉上
掛著豌豆大小的淚珠。
那時，我的父親在廣西憑祥附近
一處設在榕樹樹洞中的
戰地指揮所裡，一簇仇恨的火焰
正從另一些塌鼻子、大眼睛孩子的父親手中的
火焰噴射器裡躍出，要去
吞噬他的左手。幾個月後，
我看見父親佈滿鬍鬚的陌生的面龐，
嚇得一言不發，躲在了母親身後。
而現在，我聽見那個伊拉克小孩

正用阿拉伯語呼喊，字幕上的漢語
清晰地打出──「爸爸！爸爸！」

愛在瘟疫蔓延時──為所有生活在 SARS 時期的人而作

月亮戴上了口罩，十六層雲每四小時
捲走一批黯淡的星星。
中藥的氣味、84消毒液的氣味沖淡了
這幽靜的校園深夜時分慵倦的體味──
那勾人魂魄的香氣來自深藏於某本
未曾打開的卷冊之中的孤獨的腺體。
我曾目睹過這奇異的腺體
在無人問津的角落裡附上植物的枝頭
以吐納它經年不化的喜憂：
三月裡，它是第一朵跳舞也是第一朵扭傷的
白玉蘭，它是迎春花失散的閨中密友，也是
和桃花在雨中裸奔的姐妹，令暮色羞紅；
四月，它是連翹、榆葉梅、蒲公英，是
從天而降的紫藤騎上了鬃毛光潔的風，更是
從白丁香裡面伸出來的紫色的手和從紫丁香裡面
伸出來的白色的手，它們越過路燈
緊緊拉在一起，擋住過路人的陰影中飄忽的愁。
今夜，我是跑步經過這條盛開著
白丁香和紫丁香的湖邊小路的。我跑步，
不是為了免疫力而是為了身體裡一條
日漸乾渴的魚。我跑步，是要從瘟疫裡

跑出一條通向大海的路，讓身體裡的魚吞下
戴口罩的月亮連同雲層所捲走的星星。
而從白丁香裡面伸出來的紫色的手和從紫丁香裡面
伸出來的白色的手緊緊拉在一起，擋在了
我的面前——又一次，在天空的繁花錦簇的肺部，
我看見
那安靜的春天的腺體在呼吸。
那是預感的腺體、大海的腺體、沒有肌膚的愛的
腺體。

打嗝

從昨天上午十點開始，我打了
整整一天的嗝。每隔十秒，
那些嗝帶著腹腔裡不可控制的肌肉的理性、
帶著厄運的分寸感，湧進了我的生活。
那些嗝，天知道它們是否受到了
瘟疫的感召，像1346年從黑海逃走的
熱那亞人一樣，穿過我咽喉中的達達尼爾海峽
擠進我的臥室、我的客廳、我薰著迷迭香
的衛生間和我燉著蘿蔔腔骨的廚房，
和陽光一起，擠在我的陽臺上
撓癢癢。那些嗝不在我的吊蘭上
盪秋千，不在我的巴西木上抽煙，也不在
我乾枯的茵卡玫瑰上把帶刺的體溫
量了又量，它們鑽進了我的影碟機，製造出
一個又一個滿是馬賽克的鬼的形象。
在夜裡，那些不知疲倦的嗝
像螞蟻搬家一樣，把街上救護車的警報聲
拖進了我的夢裡，還為我拖來了
程咬金的笑臉和凌晨三點的小便。
我試過憋氣、掐穴位、喝薑湯、吃糖，
但打嗝的迫切性依然徘徊在腹腔。

今天上午，我背著家裡這八千六百四十個嗝

偷偷上了網，搜索到一個連我自己

都無法相信的秘方。我打著嗝，剪下

一小條手指甲，打著嗝，把指甲

點燃，打著嗝，把鼻子湊到

點燃了的指甲前面，打著嗝，

聞了一下。

那些已經出來了、正在出來著和將要出來的嗝就此

消失了。

海魂衫

1991年，她穿著我夢見過的大海
從我身邊走過。她細溜溜的胳膊
洶湧地揮舞著美，攪得一路上都是
她十七歲的海水。我斗膽目睹了
她走進高三六班的全過程，
頂住巨浪沖刷、例行水文觀察。
我在沖天而去的浪尖上看到了
兩隻小小的神，它們抖動著
小小的觸鬚，一隻對我說「不」，
一隻對我說「是」。它們說完之後
齊刷刷地白了我一眼，從天上
又落回她佈滿礁石的肋間。她帶著
全部的礁石和海水隱沒在高三六班，
而我卻一直呆立在教室外
一棵發育不良的烏桕樹下，盡失
街霸威嚴、全無狡童體面，
把一支抽完了的「大重九」
又抽了三乘三遍。在上課鈴響之前，
我至少抽出了三倍於海水的
苦和鹹，抽出了她沒說的話和我

激灩的廢話，抽出了那朵
在海中沉睡的我的神秘之花。

我曾想剁掉右手以戒煙

我曾想剁掉右手以戒煙，
但又擔心左手。左手，萬一
左手也熟練地夾著煙又如何？
那就只有再剁掉左手。
試想雙手皆無也不是壞事一件，
那些進入我身體的煙霧會令我的臟器
在人生的中途迷路，那些煙霧
有時是虎豹蟲豸有時是性感妖女，
會吃掉我的好生活或者吃掉
我想像力的生殖器。
我可以成為用腳寫作的天下第一。
但如果腳也開始擺弄打火機並以
金雞獨立之術將香煙送至
我嘴邊，抽還是不抽，還會是
一個問題。看來我還得
再剁掉雙腳和雙腿，像個
不倒翁一樣，在無煙區搖晃，
痛而無憂、述而不作。
可是煙啊，魔力無窮的煙還是會
抓住我，傳我以淡巴菇咒符，讓我能夠
把說出來的詞語都變出過濾嘴

叼在口中。我將被逼上絕路，

撕爛自己的嘴巴、扯出自己的

支氣管、像捅馬蜂窩一樣捅掉自己

罪惡的肺。收下我吧，閻王爺，

最後我將變成一根皺皺巴巴的「中南海」，

被現在寫下的這首詩遞到您的嘴邊。

代跋　詩歌：自我的騰挪

胡續冬

幾年前，在一個詩歌活動上，一個讀者跑來對我說，在她以前接觸到的詩歌選本和詩歌評論中，我幾乎成了「方言寫作」的代名詞，沒想到在朗誦現場聽到的都是我的一些跟方言寫作毫無關係的詩，完全偏離了她的傾聽期待。類似的情況發生過很多次，在各種朗誦會上我經常被問及：你怎麼不用四川話讀詩？

2000年之後，由於互聯網對詩歌閱讀和流通環節的全面滲透，我在1998年寫於病床上的一首旨在用四川鄉村方言顛覆都市流行文化的〈太太留客〉因為包含著愉快的鄉土經驗和強烈的喜劇性而得以在互聯網上廣泛傳播，加之在〈太太留客〉之後的寫作中，我確實也曾在一些詩作中蓄意將四川方言挪置到不同的語境中，所以不知不覺中我發現，這幾年來，不少讀者和評論者對我的關注逐漸集中在方言的使用上，在一些選本中，我本人其實並不十分看重的〈太太留客〉意想不到地成了我個人的「經典」。

「方言寫作」其實是個很大的問題，正如前輩詩人柏樺和我在電話中聊起的那樣，方言在新詩中的呈現有一個貫穿新詩史的、時斷時續的「小傳統」，它牽扯到很多複雜的方面，既和歷史意識、文化政治、身份認同、想像力的跨度相關，更和對詞語基因和詩歌肌理的細微體認相關，我只不過用四川方

言，有時還包括喜歡學舌的我從貴州方言、河南方言、湖北方言、東北方言、北京方言甚至廣東方言中「徵用」的一些成分，做過一些猴子掰包穀似的嘗試而已，而這些嘗試的根本目的，是意在提取語言風格對撞所釋放的巨大能量，將之用於更為廣闊的、需要耗費大規模書寫快感的「自我騰挪」活動。

在某一次訪談中，我曾提到我的寫作抱負是通過書寫互不通約的詩歌發明出無限多的自我，以使被特定的時空所束縛的自我獲得詭譎的複數性。現在想來，這個抱負還是太少年氣了，儘管身懷相似夢想的葡萄牙詩人費爾南多·佩索阿越來越成為我的最愛：與他的精神導師之一瓦爾特·惠特曼無限擴張的趨向相反，佩索阿在無限裂變的方向上創造了一個奇蹟，由他杜撰出來的幾十個有名有姓有來歷有歸宿的詩人組成了他為單一的身體發明出來的龐雜的異名體系，在強力詩人的星空中彙聚成一團不可透析的星雲，用一個低段位的比喻，就像孫悟空和無數個由他的毫毛變出來的孫悟空們在想像力的雲端集合一樣。

我大概成為不了佩索阿，所以我將以往的抱負中對自我的發明收縮為一種高強度的「自我騰挪」。方言只是我在詩歌中修煉「乾坤大挪移」的一種路數而已。更多的時候，我所傾心的挪移狀態體現在心智快速反應的其他層次上，譬如，讓多維度的、瑣碎不已的日常情境突然發生意想不到的短路。我曾經很喜歡的一個美國詩人弗蘭克·奧哈拉寫了好多首題目就叫《詩》的「元詩」，其中有一首寫道他在紐約的街道上冒著雨、雪、冰雹趕時間的時候一瞬間看到報紙上的頭條：影星拉

娜・特納倒下了。這種在天象、地理空間、時間表和體外的訊息之間發生短路的情形就是詩。我也經常這麼幹，在瑣屑與瑣屑的意外摩擦中感受到偉大的力量，有首叫做《日曆之力》的詩其命名本身就含有如此的想法：單一指向的日曆中含有不同維度的日常能量對撞在一起所釋放出來的強力，所以我用《日曆之力》這個名字做了我第一本公開出版的詩集的書名。

我也曾試圖把古文（而不是古詩）的章法、語彙，尤其是虛詞使用的技法，嫁接到非常「當下」的情境中去，力求在崎嶇的古意和逼仄的個人化頑念（情感的、性的、家國理念的嘮叨）之間打開一個刁鑽的騰挪空間，但在讀了一批散落在埃及的希臘語詩人卡瓦菲的詩之後，我修改了這種騰挪方式。卡瓦菲是一個更加專注的博爾赫斯，他專注於在似是而非的僻典和歷史斷片中巧妙地安置自我的源頭，並使之暗對文明的盛衰之道。他擅長於用白描這種貌似技術含量很低的手藝來落實這種隱秘的夢想，這對我構成了一種有益的糾正。我學會了用壓縮歷史、錯置歷史甚至偽造歷史的方式來平靜地騰挪在大跨度的時間軸上。

有時候我喜歡用閱讀的騰挪來激發寫作的騰挪。比如，我酷愛閱讀大航海時代的香料傳播路徑、酷愛閱讀內陸亞洲草原帝國的興亡、酷愛閱讀民國時代川軍混戰的史料，但我堅持以一種極度不專業的讀法來閱讀它們：我閱讀的是這些駁雜事物之間的差異性本身，是這種差異性上洞開出來的感受力和認知力的黑洞。一找到適當的機會，我就會將這一黑洞轉移到詩歌行文的縫隙中。如是，我寫了〈白貓脫脫迷失〉一類的詩。我

喜歡閱讀各式各樣的小說，看各式各樣的電影，甚至有序地收藏一些生僻國家的電影，但我至少到目前為止沒有任何寫小說和做電影的衝動：我奢望一首二十行左右的詩能夠解決其他人用一個長篇、一部標準時長的劇情片來滿足的騰挪的需求。

巴西有個很厲害的詩人叫若昂・卡布拉爾，他不被中國人所知，但他冷靜而詭異的精確創造力具有巴西人所說的「中國人的耐心」。在一首叫做〈作為旅行的文學〉的詩裡，若奧・卡布拉爾寫道：

正確的作者都有
開闢一個空間的能力，
諸多美好時辰寄生於此：
時空一體，就像一片森林。

週末、節假日可去那兒逛逛，
那兒更是退休以後的大好去處：
鄉野中的宅子裡什麼都有
卡米洛，澤・林斯，普魯斯特，哈代。

閱讀的路線相互交織，
又不可思議地融會在一起；
閱讀不但沒把我們帶到準確的城市
反而還給了我們另外的國籍。

代跋　詩歌：自我的騰挪／253

當讀已成為被讀之時

已經不可能在地圖上找到方位：

在哪兒讀過或者住過阿爾維蒂？

加迪斯該怎麼拼寫、怎麼走去？

注：第二節中的卡米洛為19世紀葡萄牙作家，澤・林斯為20世紀巴西作家，最後一節中的阿爾維蒂為20世紀西班牙最重要的詩人之一，加迪斯是西班牙地名，阿爾維蒂的故鄉。

這碰巧也是我所理解的閱讀、我所理解的寫作、我所理解的文學。

語言文學類　PG0942　中國當代詩典　第一輯 14

片片詩
——胡續冬詩選

作　　者／胡續冬
主　　編／楊小濱
責任編輯／蔡曉雯
圖文排版／陳姿廷
封面設計／陳佩蓉

發 行 人／宋政坤
法律顧問／毛國樑　律師
出版發行／秀威資訊科技股份有限公司
　　　　　114台北市內湖區瑞光路76巷65號1樓
　　　　　電話：+886-2-2796-3638　傳真：+886-2-2796-1377
　　　　　http://www.showwe.com.tw
劃撥帳號／19563868　戶名：秀威資訊科技股份有限公司
　　　　　讀者服務信箱：service@showwe.com.tw
展售門市／國家書店（松江門市）
　　　　　104台北市中山區松江路209號1樓
　　　　　電話：+886-2-2518-0207　傳真：+886-2-2518-0778
網路訂購／秀威網路書店：http://www.bodbooks.com.tw
　　　　　國家網路書店：http://www.govbooks.com.tw

2013年9月　BOD一版
定價：320元
ISBN　978-986-326-176-6
ISBN　978-986-326-178-0（全套：平裝）
版權所有　翻印必究
本書如有缺頁、破損或裝訂錯誤，請寄回更換

國家圖書館出版品預行編目

片片詩 : 胡續冬詩選 / 胡續冬著. -- 一版. --
　臺北市 : 秀威資訊科技, 2013. 09
　　　面 ；　公分. -- (中國當代詩典. 第一輯 ;
14)
　BOD版
　ISBN　978-986-326-176-6 (平裝)

851.486　　　　　　　　　　102015895

讀 者 回 函 卡

感謝您購買本書,為提升服務品質,請填妥以下資料,將讀者回函卡直接寄回或傳真本公司,收到您的寶貴意見後,我們會收藏記錄及檢討,謝謝!
如您需要了解本公司最新出版書目、購書優惠或企劃活動,歡迎您上網查詢或下載相關資料:http:// www.showwe.com.tw

您購買的書名:＿＿＿＿＿＿＿＿＿＿＿＿＿＿＿＿＿＿＿＿＿＿＿＿＿＿＿

出生日期:＿＿＿＿＿＿年＿＿＿＿＿＿月＿＿＿＿＿＿日

學歷:□高中 (含) 以下　　□大專　　□研究所 (含) 以上

職業:□製造業　□金融業　□資訊業　□軍警　□傳播業　□自由業
　　　□服務業　□公務員　□教職　　□學生　□家管　　□其它＿＿＿

購書地點:□網路書店　□實體書店　□書展　□郵購　□贈閱　□其他

您從何得知本書的消息?

　□網路書店　□實體書店　□網路搜尋　□電子報　□書訊　□雜誌

　□傳播媒體　□親友推薦　□網站推薦　□部落格　□其他＿＿＿＿＿

您對本書的評價:(請填代號　1.非常滿意　2.滿意　3.尚可　4.再改進)

　封面設計＿＿＿　版面編排＿＿＿　內容＿＿＿　文／譯筆＿＿＿　價格＿＿＿

讀完書後您覺得:

　□很有收穫　□有收穫　□收穫不多　□沒收穫

對我們的建議:＿＿＿＿＿＿＿＿＿＿＿＿＿＿＿＿＿＿＿＿＿＿＿＿

＿＿＿＿＿＿＿＿＿＿＿＿＿＿＿＿＿＿＿＿＿＿＿＿＿＿＿＿＿＿＿＿

＿＿＿＿＿＿＿＿＿＿＿＿＿＿＿＿＿＿＿＿＿＿＿＿＿＿＿＿＿＿＿＿

＿＿＿＿＿＿＿＿＿＿＿＿＿＿＿＿＿＿＿＿＿＿＿＿＿＿＿＿＿＿＿＿

11466
台北市內湖區瑞光路 76 巷 65 號 1 樓

秀威資訊科技股份有限公司　　　收

BOD 數位出版事業部

....

（請沿線對折寄回，謝謝！）

姓　　名：＿＿＿＿＿＿＿＿　年齡：＿＿＿＿　性別：□女　□男

郵遞區號：□□□□□

地　　址：＿＿＿＿＿＿＿＿＿＿＿＿＿＿＿＿＿＿＿＿＿

聯絡電話：(日) ＿＿＿＿＿＿＿＿＿　(夜) ＿＿＿＿＿＿＿＿＿

E-mail：＿＿＿＿＿＿＿＿＿＿＿＿＿＿＿＿＿＿＿＿＿